中国法书精萃

陈道复自书诗

浙江人民美术出版社

图书在版编目（CIP）数据

陈道复自书诗／林韬编．—杭州：浙江人民美术出版社，2003.1
（中国法书精萃）
ISBN 7-5340-1553-7

Ⅰ.陈... Ⅱ.林... Ⅲ.行草—法书—中国—明代
Ⅳ.J292.26

中国版本图书馆CIP数据核字（2002）第094507号

陈道复　自书诗

中国法书精萃

浙江人民美术出版社出版・发行
http://mss.zjcb.com
（杭州市体育场路347号）
全国各地新华书店经销
杭州彩地电脑图文有限公司・制作
杭州余杭人民印刷有限公司・印刷
2003年1月第1版・第1次印刷
开本:889×1194　1/16　印张:4.75
印数：0,001-4,000
ISBN 7-5340-1553-7/J・1359
定价：34.00元

陈道复及其行草书《白阳山诗》卷

莫小不

陈道复，生于明宪宗成化十九年（1483），卒于世宗嘉靖二十三年（1544年）。南京长洲人（今江苏苏州）。原名淳，字道复，后以字行，更字复甫，号白阳山人。著有《陈白阳集》。

一般来说，明代中叶书坛最令人瞩目者为吴门三家：祝允明、文徵明和王宠，而同属吴门的行草大家陈道复则多被忽略。历来论书，如祝嘉《书学史》、丁文隽《书法精论》、陈彬龢《中国文字和书法》、陈康《书学概论》以至潘伯鹰《中国书法简论》，皆不见道复大名。即使提及，也是一笔带过。其实，明代赵宧光就已经看到了陈的不同凡响，他说："京兆（祝允明）大成，待诏（文徵明）淳适，履吉（王宠）之韵逸，复甫（陈淳）之清苍，皆第一流书。"在我们将要赏析的这篇《陈淳行书自书诗卷》中，有莫是龙之跋语："今吴中自祝京兆、王贡士二先生而下，辄首举徵君，即文太史当居北面，非过论也。盖太史法度有余而天趣不足，徵君笔趣骨力与元章仅一尘隔耳。世有俗眼，不必与论。若求正法眼藏，当终服膺余旨，且使徵君吐色于九原也。"更认为陈道复书艺当居文徵明之上。显然，莫是龙评书，是将天机与个性看得更重要些的。

陈道复本来就是文的入室弟子，说其书法超过了文徵明，即是说青胜于蓝。道复"从太史衡山文公游，涵揉磨琢，器业日进，凡经、古文、词章、书法、篆籀、画、诗，咸臻其妙"（明张寰《白阳先生墓志铭》）。不过这里的书法，主要是指正书。他的行书，出于杨凝式、林藻、李怀琳和米芾等，加上他性格的放荡不羁，于是在文的清雅、醇古之外，更有了纵逸雄强之妙。另外，他的草书气势豪放，领晚明狂草先声，应当说与其擅大写意花卉（与徐渭并称"青藤白阳"），追求流畅、奔放、爽利、飞动，以画理、画趣入书，当不无关系。

《白阳山诗》卷，行草书，纸本，纵29.6厘米，横393.5厘米。

此为道复旧稿重理，书于甲辰。这一年，正是嘉靖二十三年（1544），也就是他63岁去世的那年。过去不少辞典和书史均称陈道复卒于世宗嘉靖十八年（1539），享年五十有八。果然如此，《白阳山诗》卷就不可能是陈道复的真品了。现在我们看到的这件行书作品，气沉力劲，线条浑厚而灵动，虚实相生，方圆兼备，是典型的陈淳书风。这一诗卷，开始写得沉稳平和而不失流丽，用墨较重；六、七首之后，速度似有加快，左右挥运，轻捷自如。于是虽为整理旧稿，匆忙之中，抄录诗句数处脱漏；十首以后，用笔跳跃飞动，结字跌宕错落，墨色燥润相间，偶现飞白，益发天真烂漫。正如申时行所说的"其豪畅之怀，跌荡之气，每于吟诗作字中发之"（申时行《赐闲堂集·跋陈淳武林帖》），这也是陈道复书的一个不易被临仿克隆的特征。诗卷前后有道复字号印章，又有莫云卿跋赞此卷为"更可宝袭"之作。因此，我们可以认定此诗卷为陈道复书法真品，而他的卒年当然也不会在1544年之前的。

传世陈淳作品，赝品多于真品，值得注意。

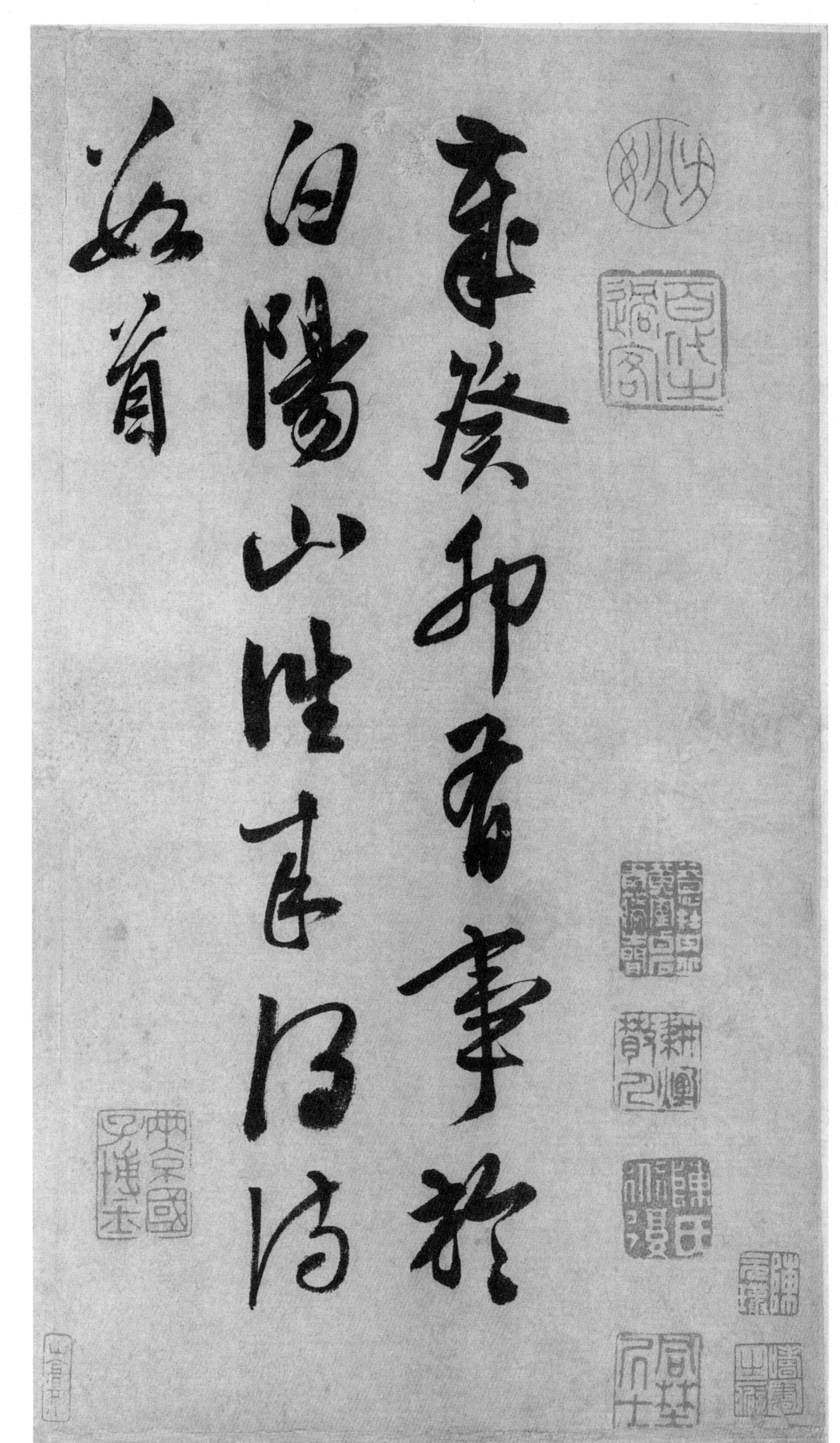

岁癸卯。有事于白阳山。往来得诗数首。

何处问通津。行游及暮春。相依不具姓。同止即为邻。

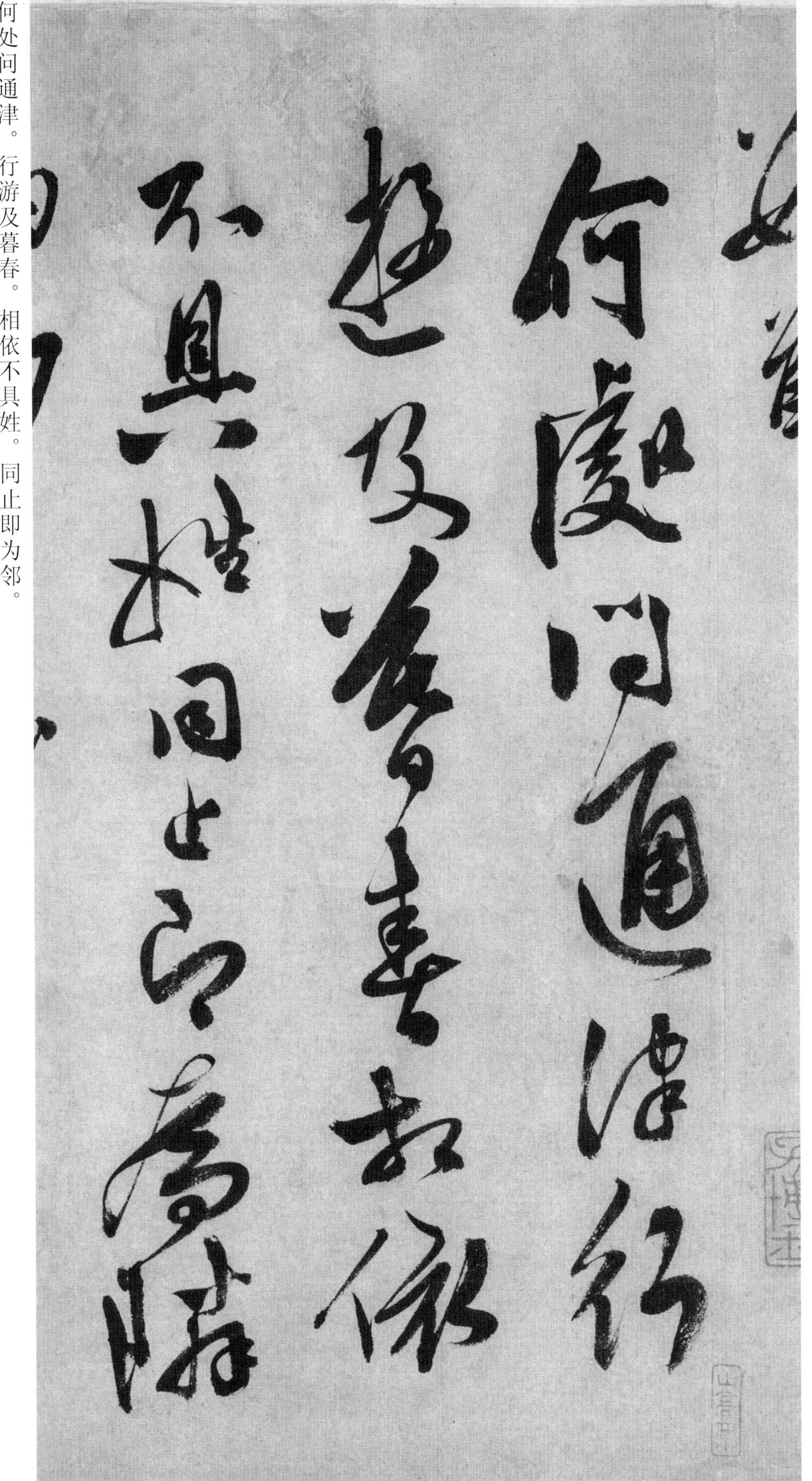

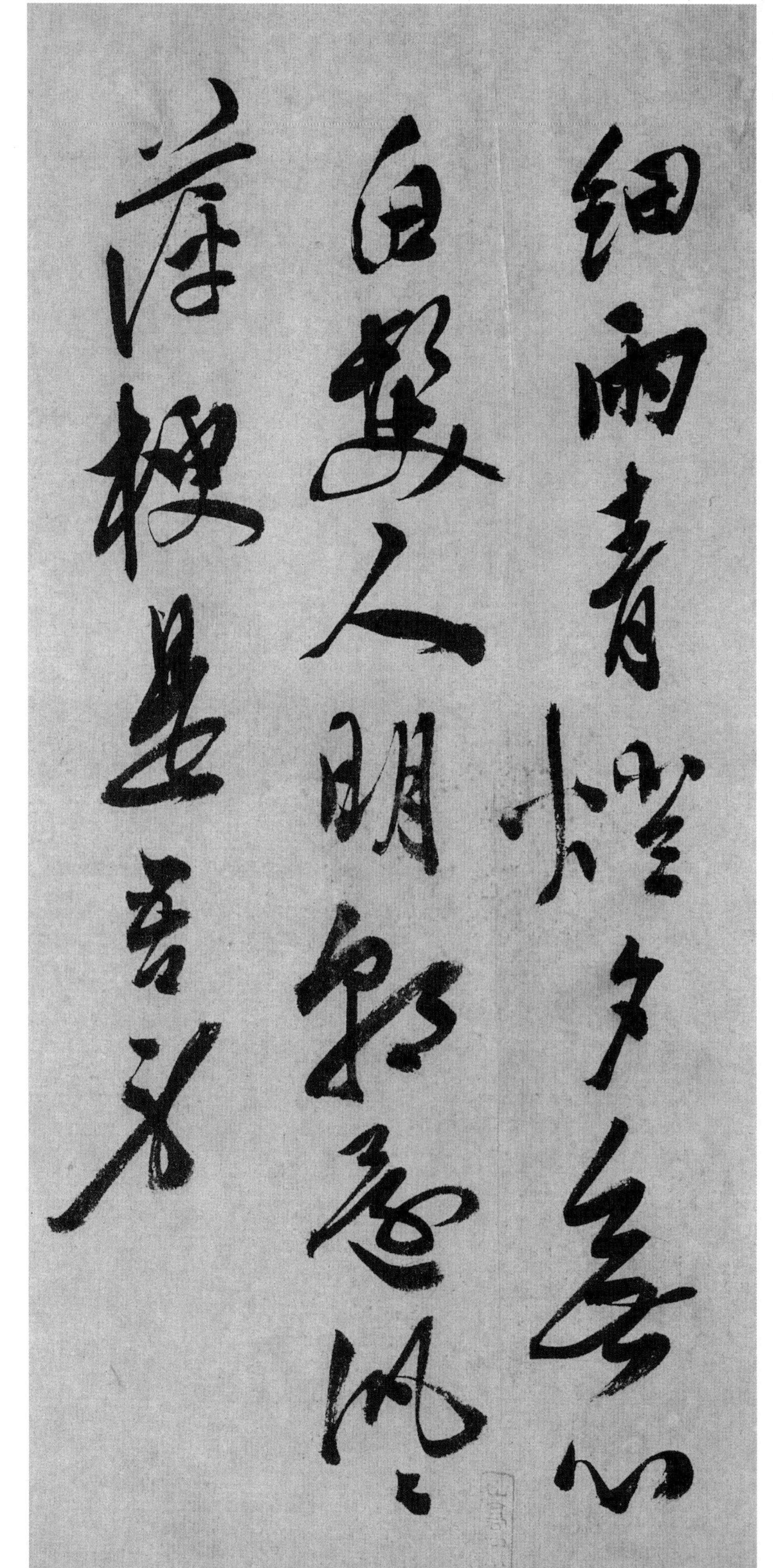

细雨青灯夕。无心白发人。明朝还泛泛。萍梗是吾身。

窅窅横塘路。非为汗漫游。人家依岸侧。山色在船头。举

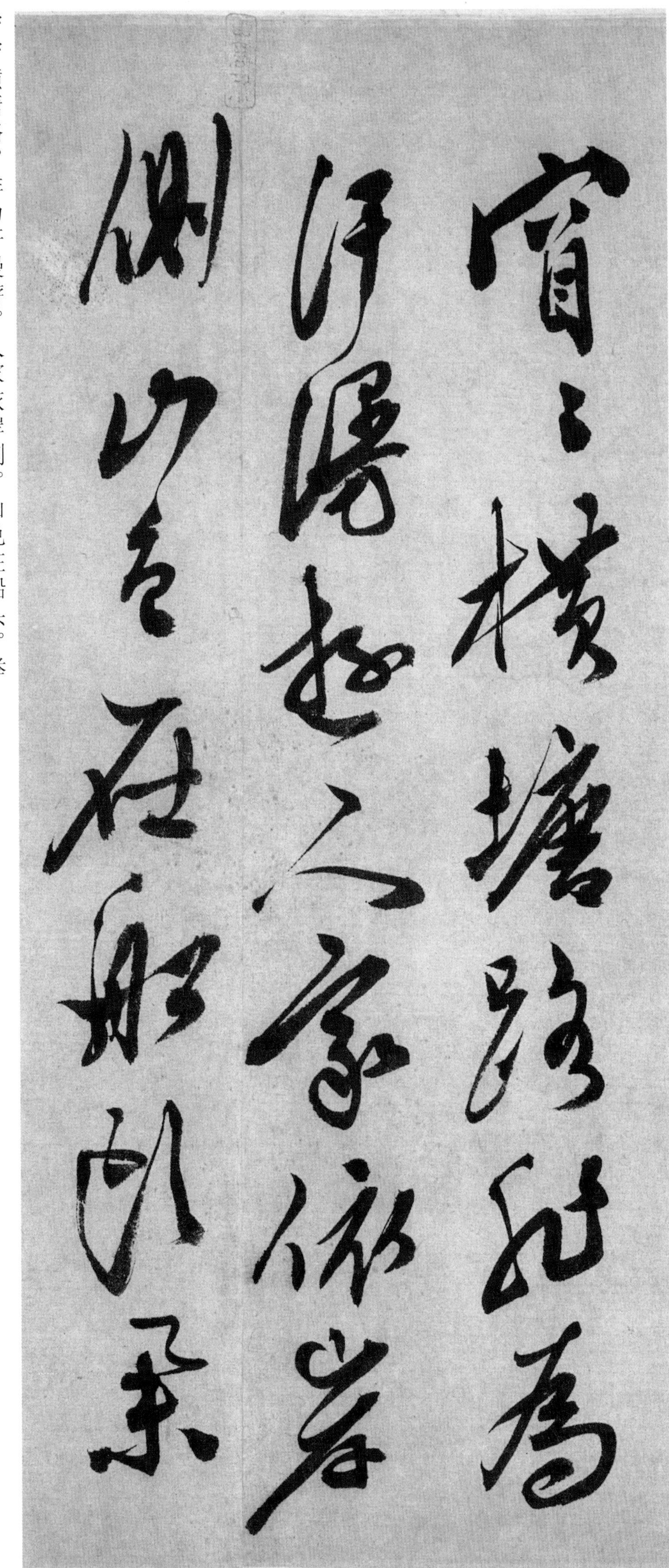

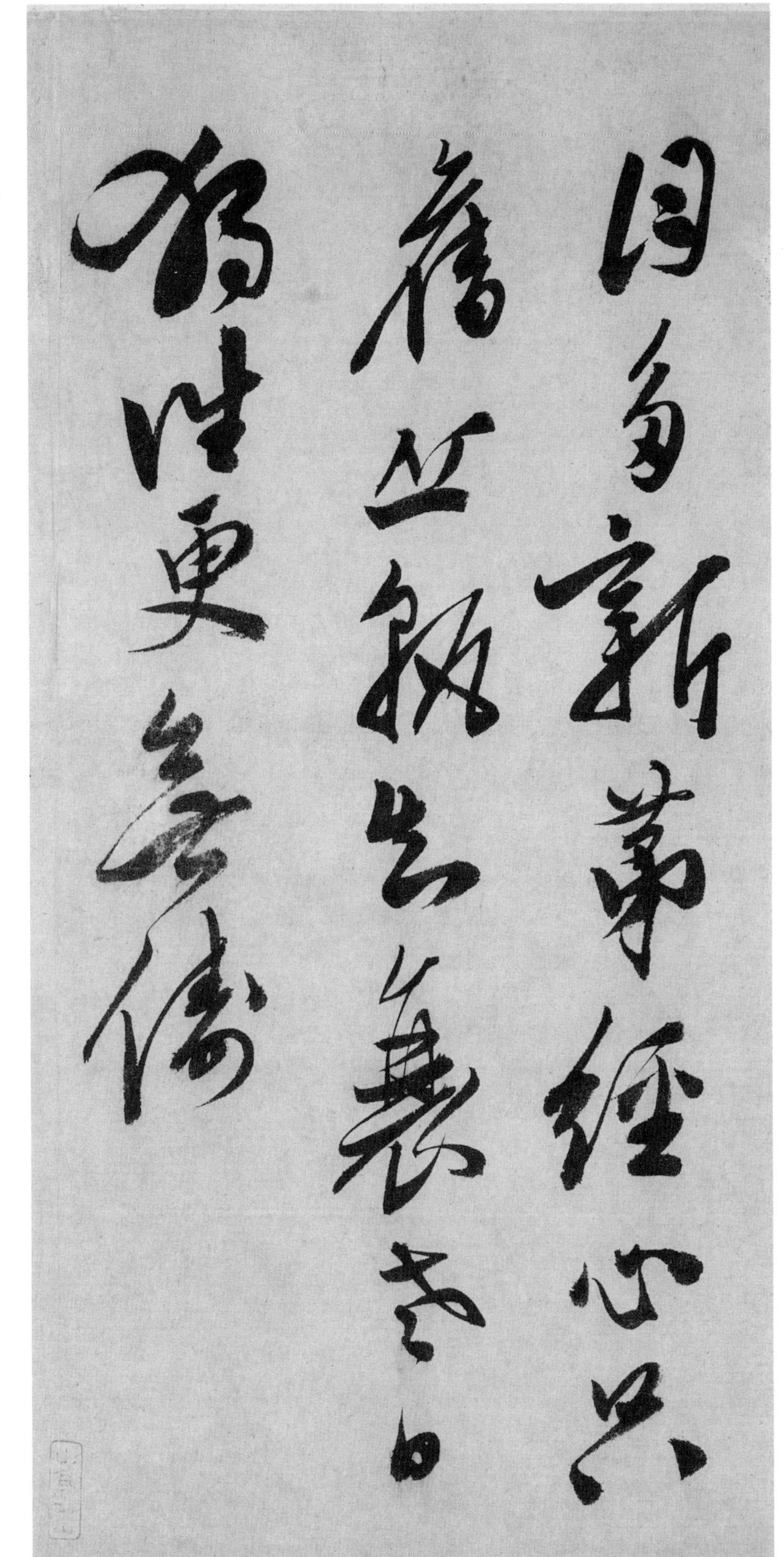

目多新第。经心只旧丘。孰知衰老日。独往更无俦。

暮春来垄上。介树尽纵横。过雨禽声巧。隔云山色轻。

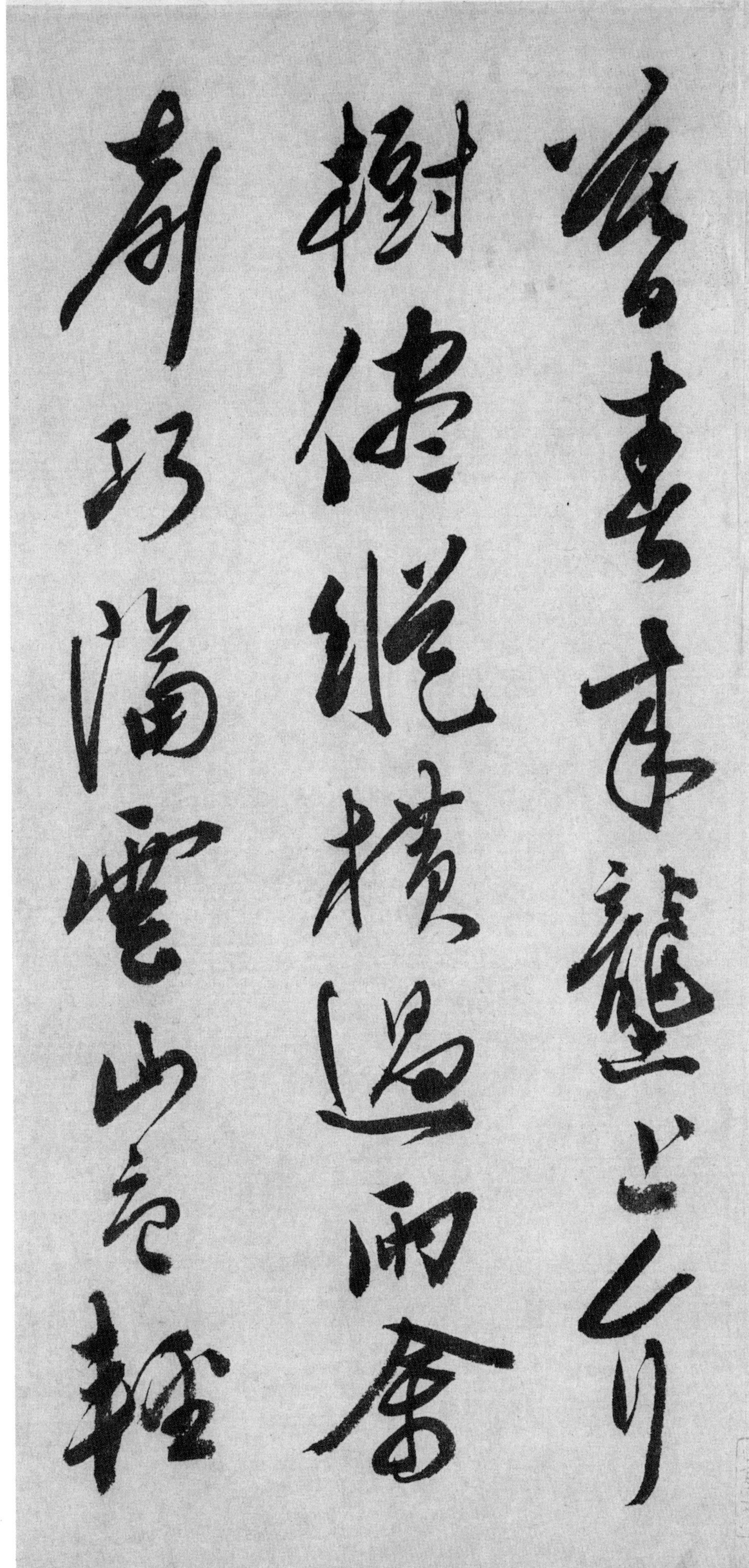

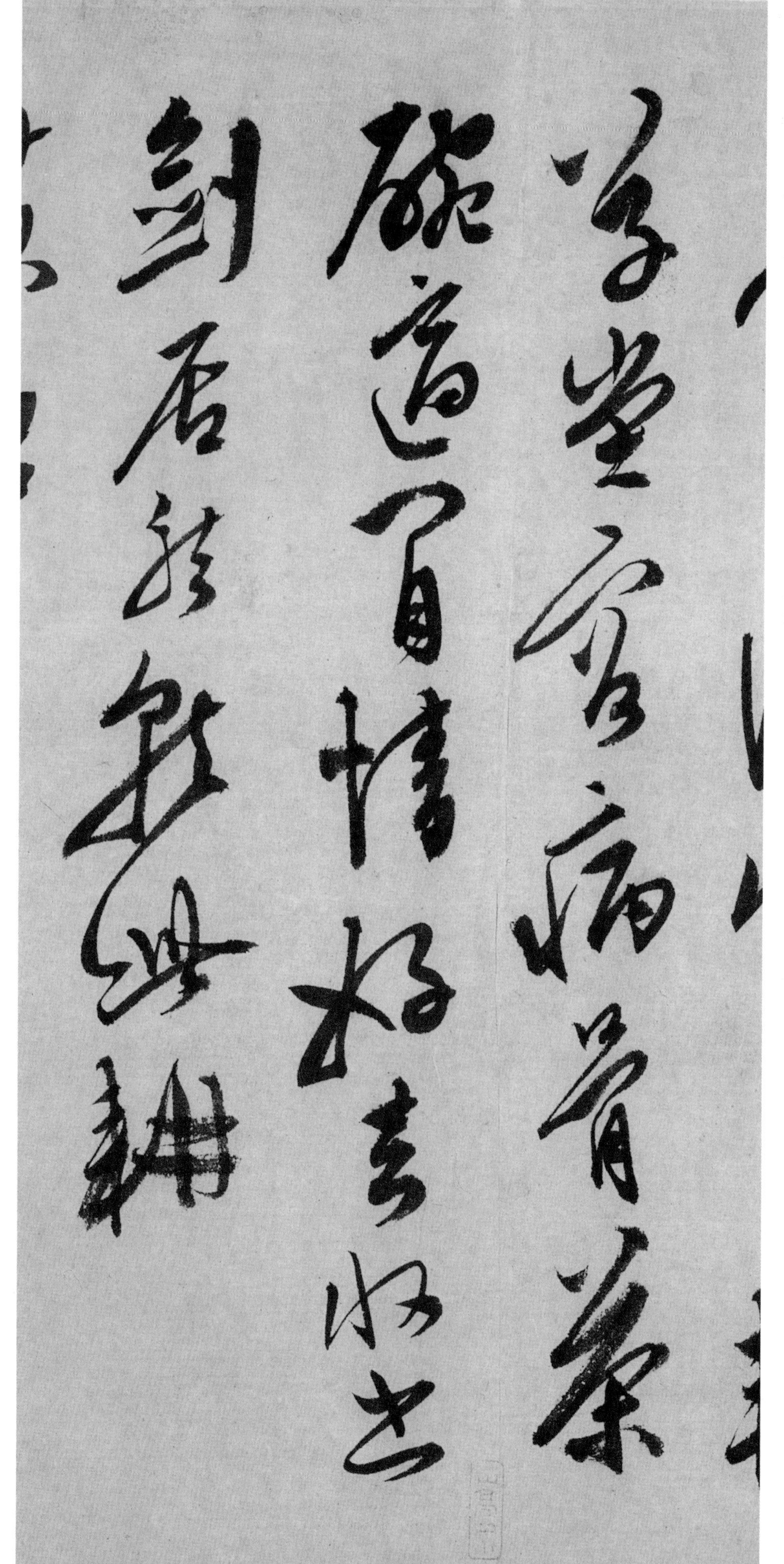

草堂容病骨。茶碗适闲情。好去收书剑。居然就此耕。

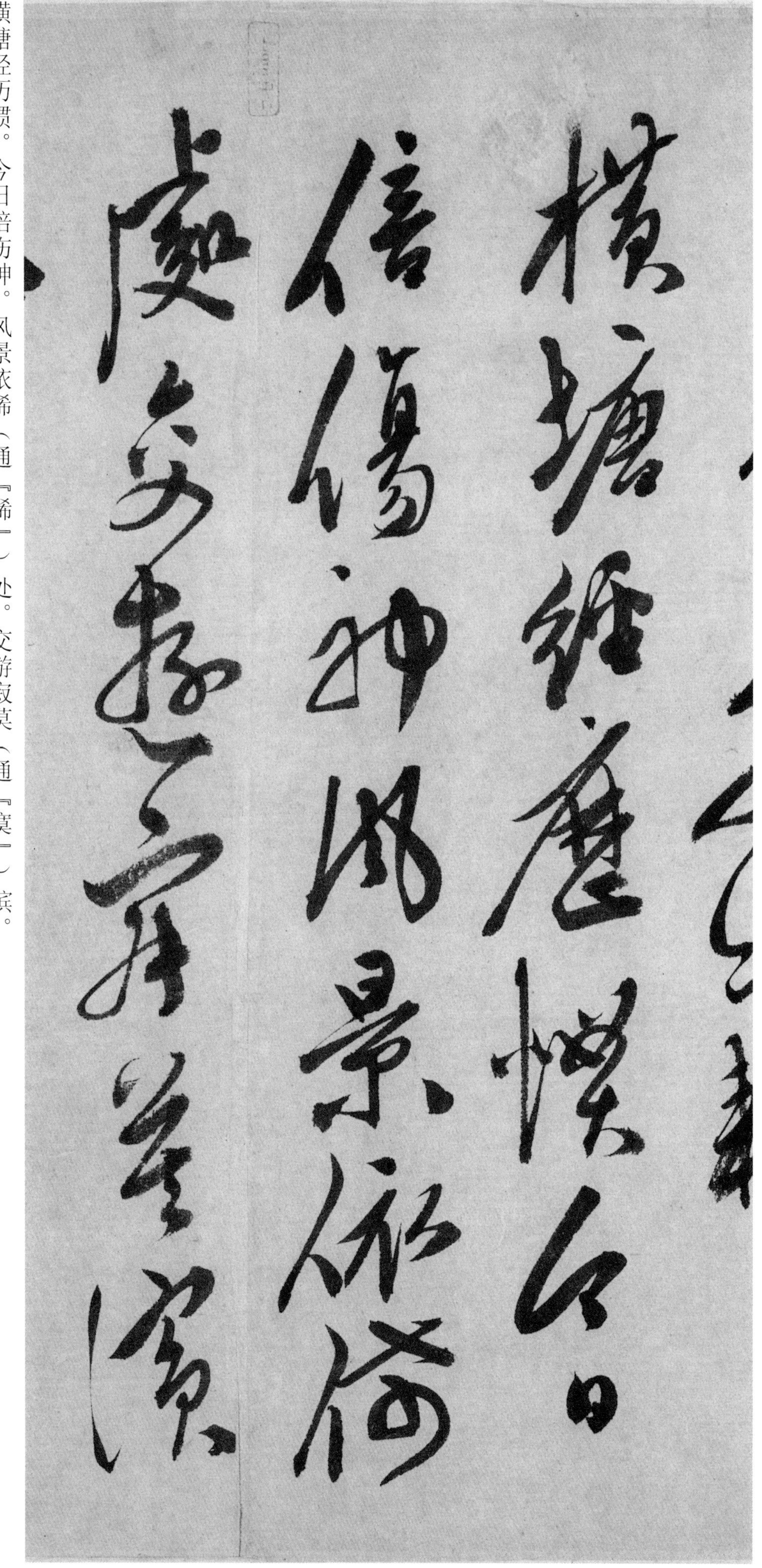

横塘经历惯。今日倍伤神。风景依俙（通『稀』）处。交游寂莫（通『寞』）滨。

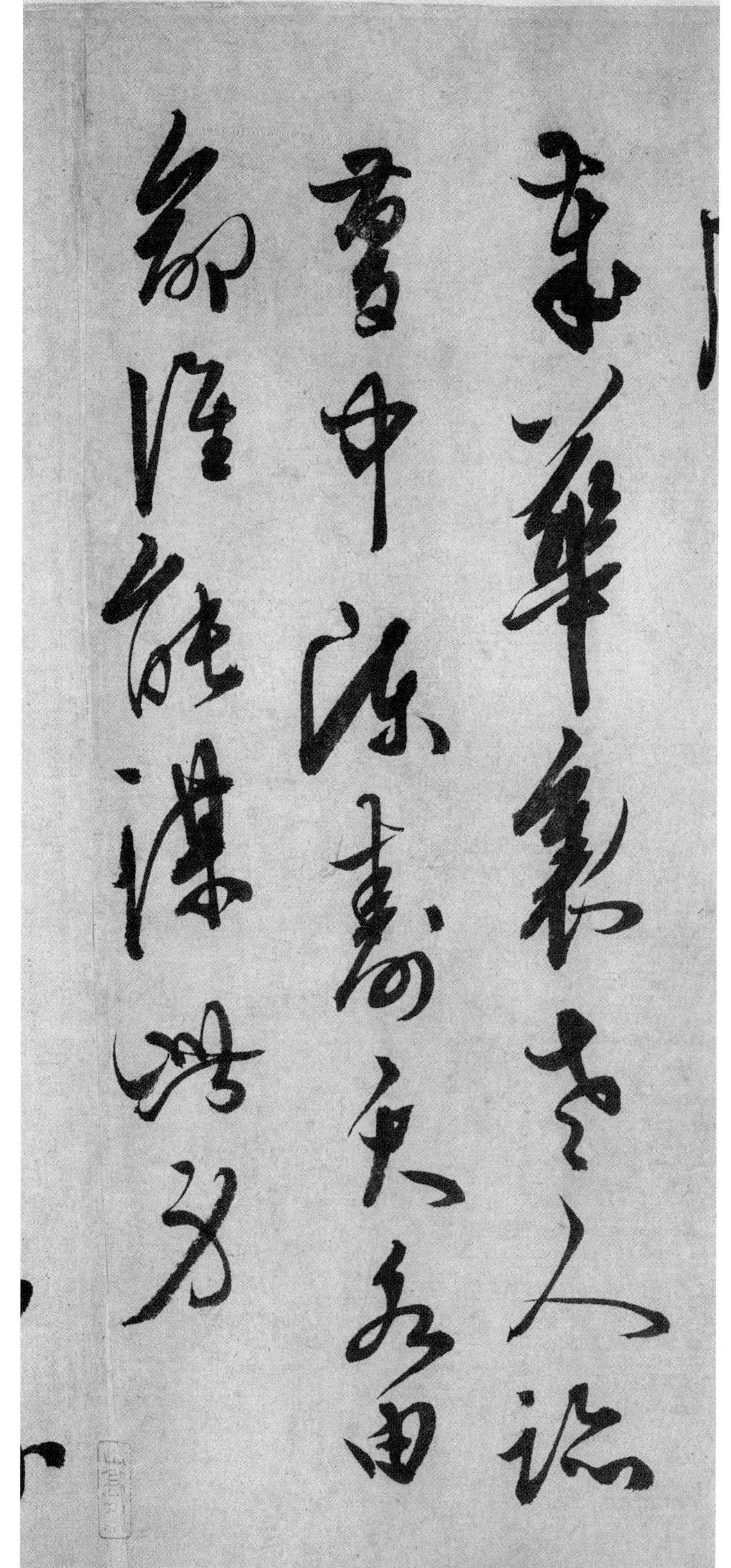

岁华（疑脱一字）里老。人迹梦中陈。寿夭各由命。谁能谋此身。

香入箸瀹茗碧流。山堂春寂寂学道。莫过兹地僻人来人

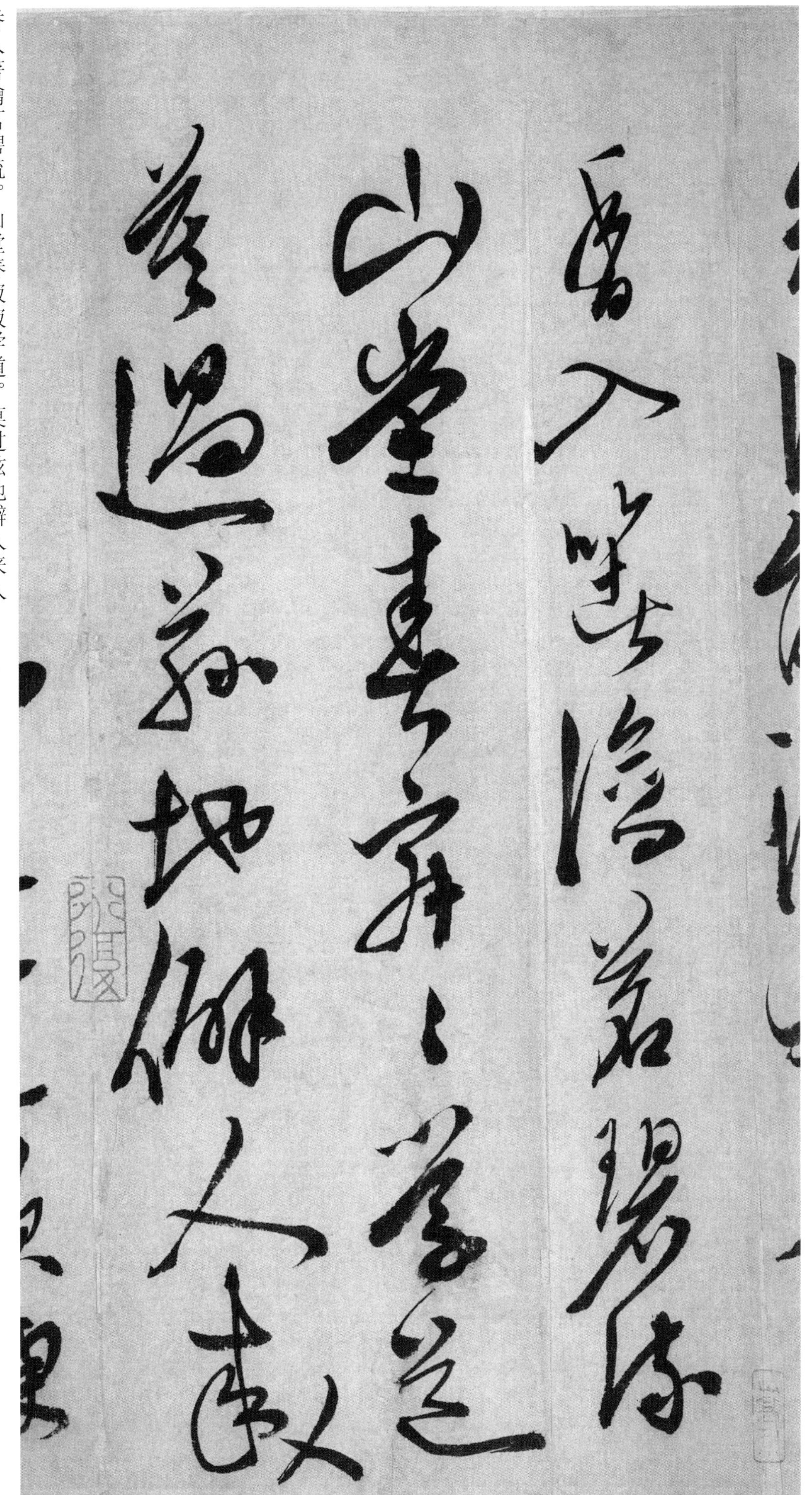

溪深鹿过迟炊粳。匙且复悠悠尔长生。安可期少（原文末衍『少』字。上页与本页的装裱衔接有误，诗句应为：山堂春寂寂。学道莫过兹。地僻人来少。溪深鹿过迟。炊粳香入箸。瀹茗碧流匙。且复悠悠尔。长生安可期。）

自小说山林。年来得始真。耳边惟有鸟。门外绝无人。饮

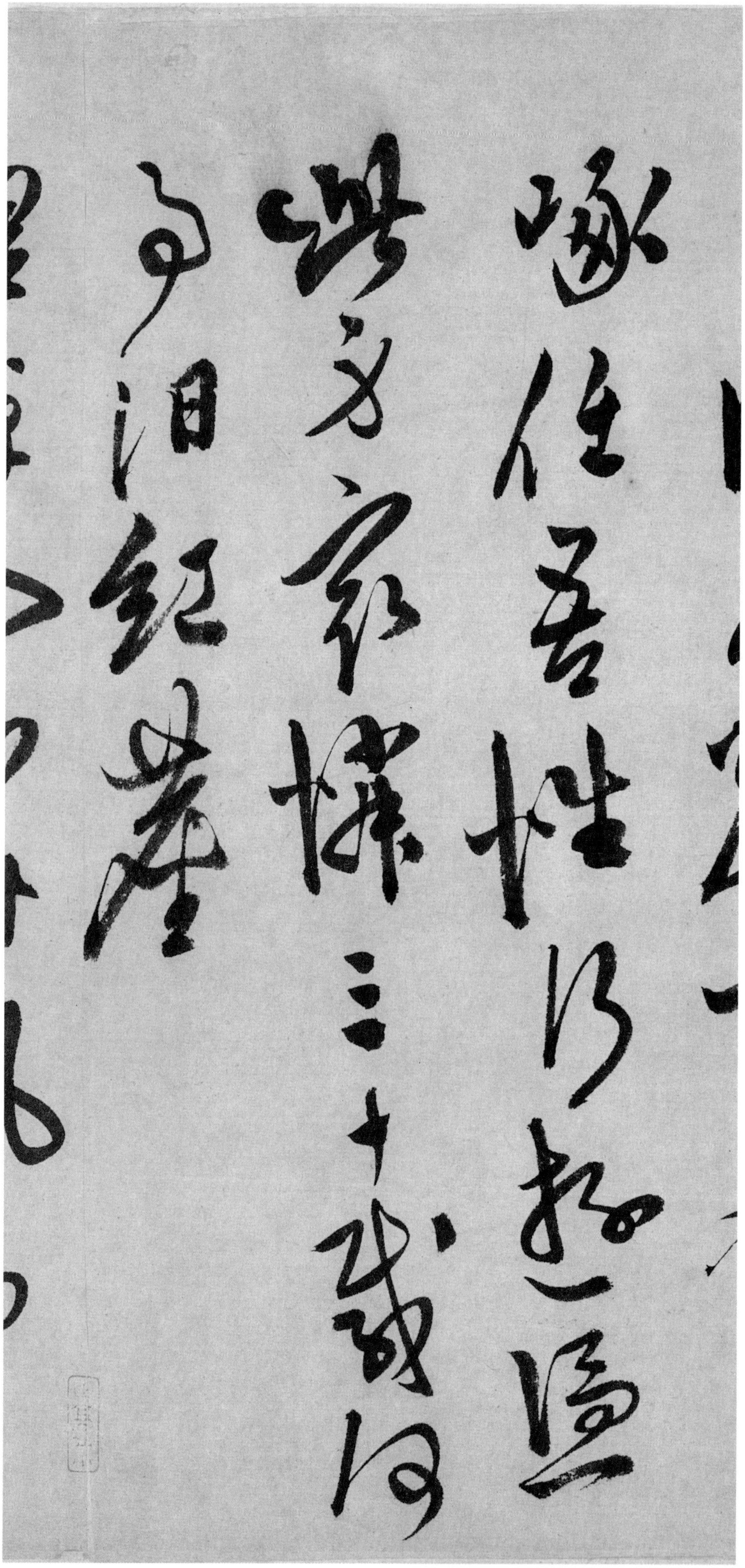

啄任吾性。行游凭此身。最怜三十载。何事汩（汩，此处为沉迷之意）红尘。

理棹入山时。风高去路迟。近窗梳白发。据案写乌丝。麦菜

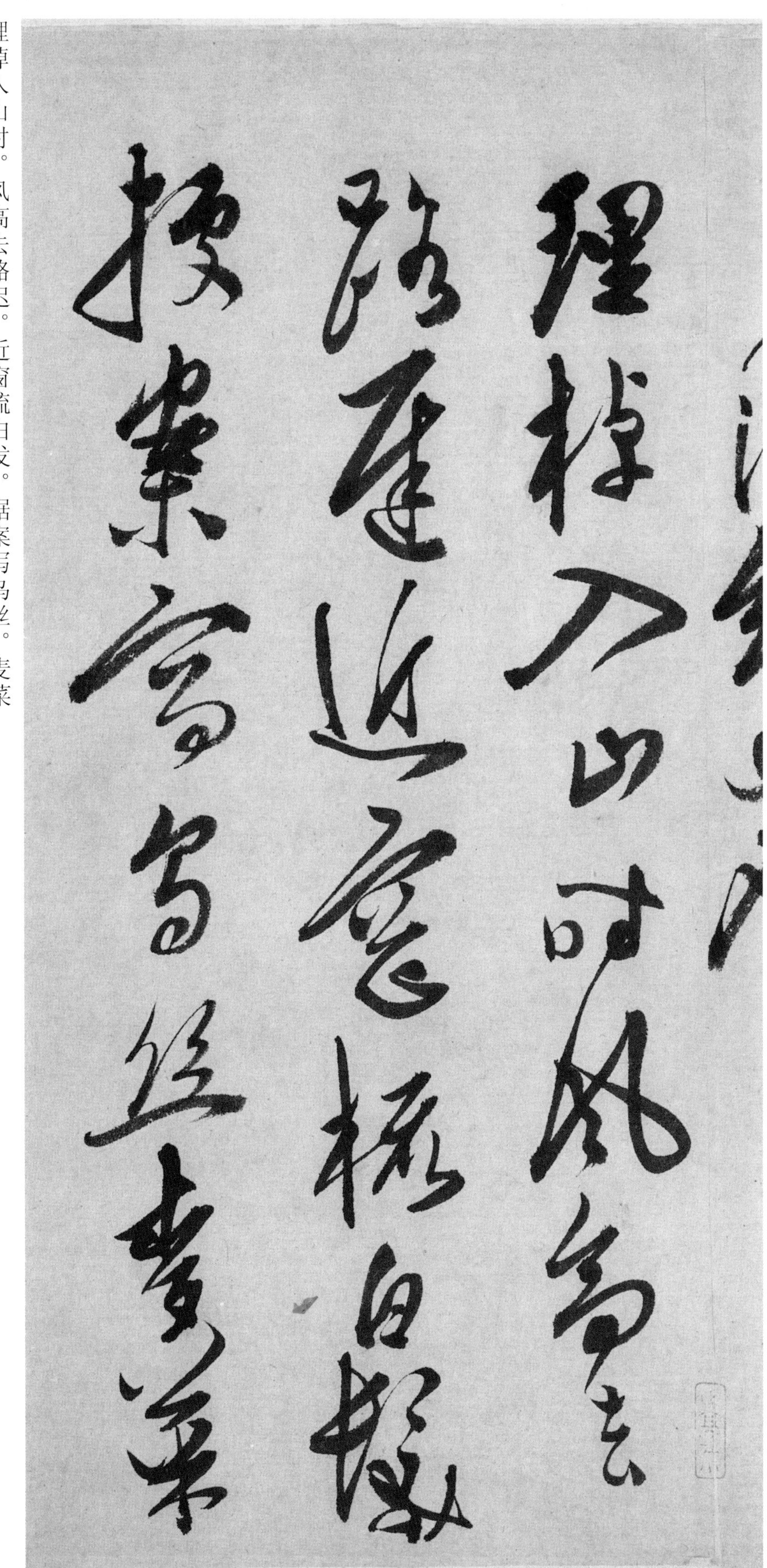

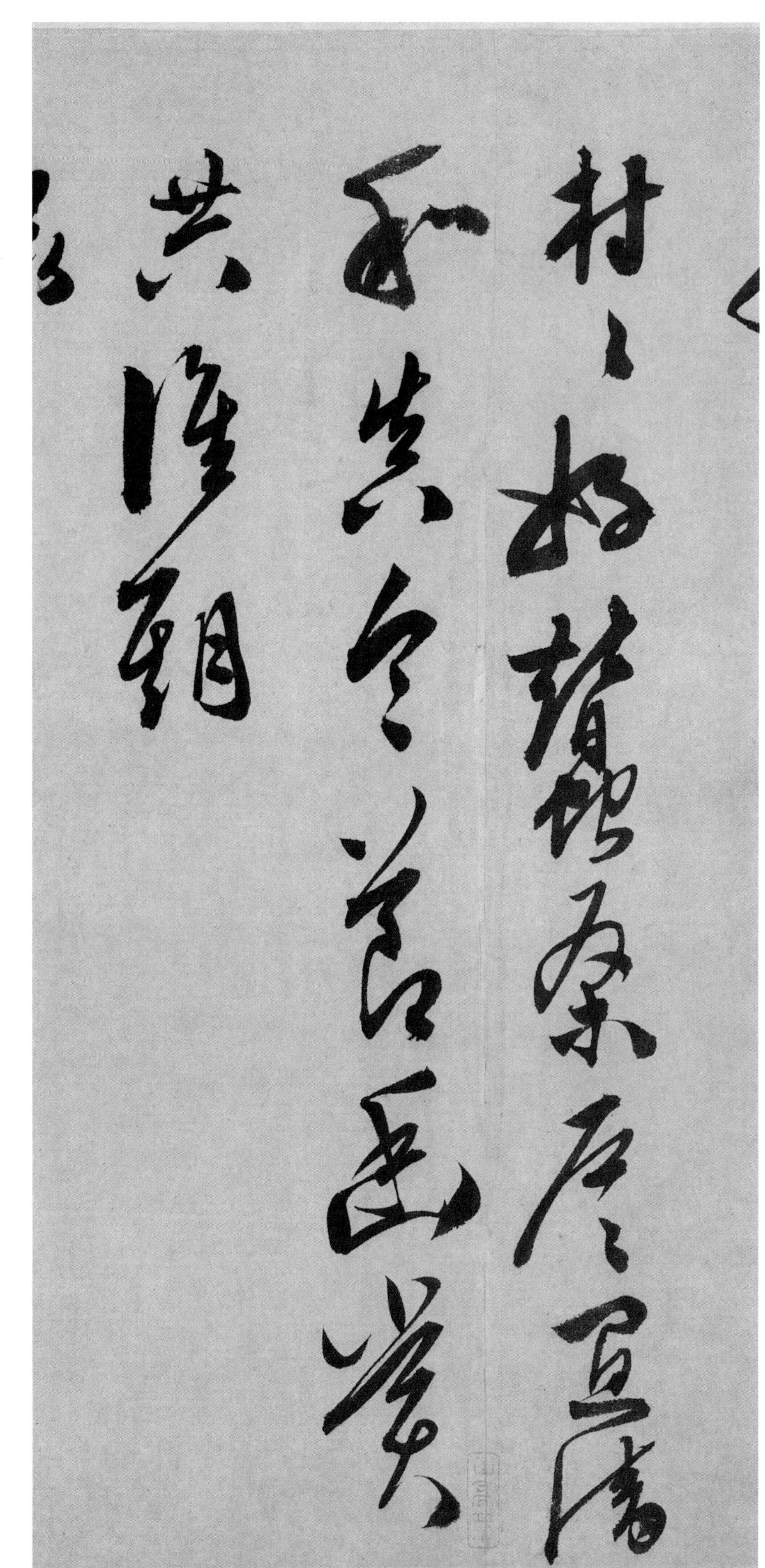

村村好。蚕桑户户宜。清和真令节。幽赏共谁期。

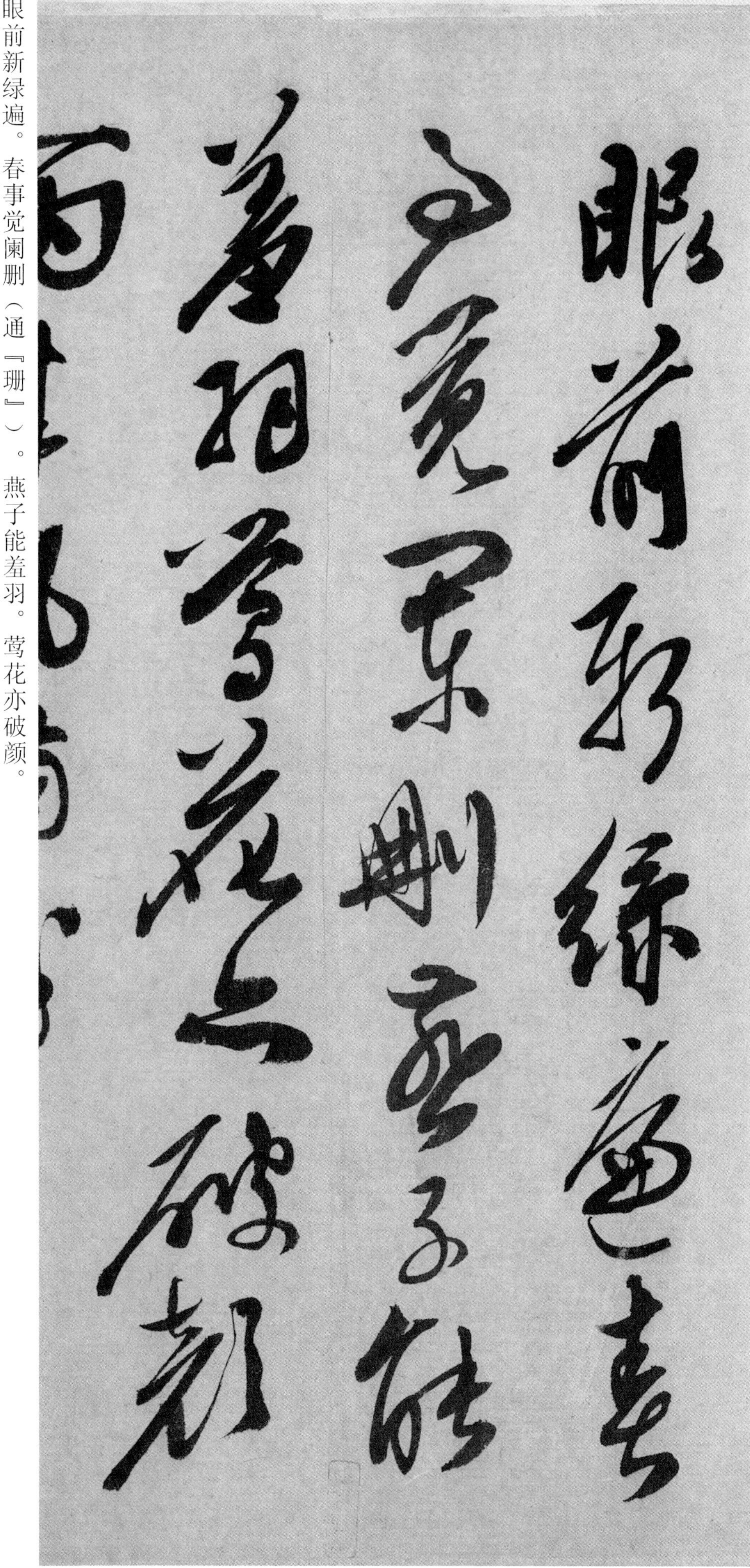

眼前新绿遍。春事觉阑删（通『珊』）。燕子能羞羽。莺花亦破颜。

雨来风满屋。云去日沉山。坐此清凉境。羲皇相与还。

不到山居久。烟霞只自稠。竹声兼雨落。松影共云流。且辨今

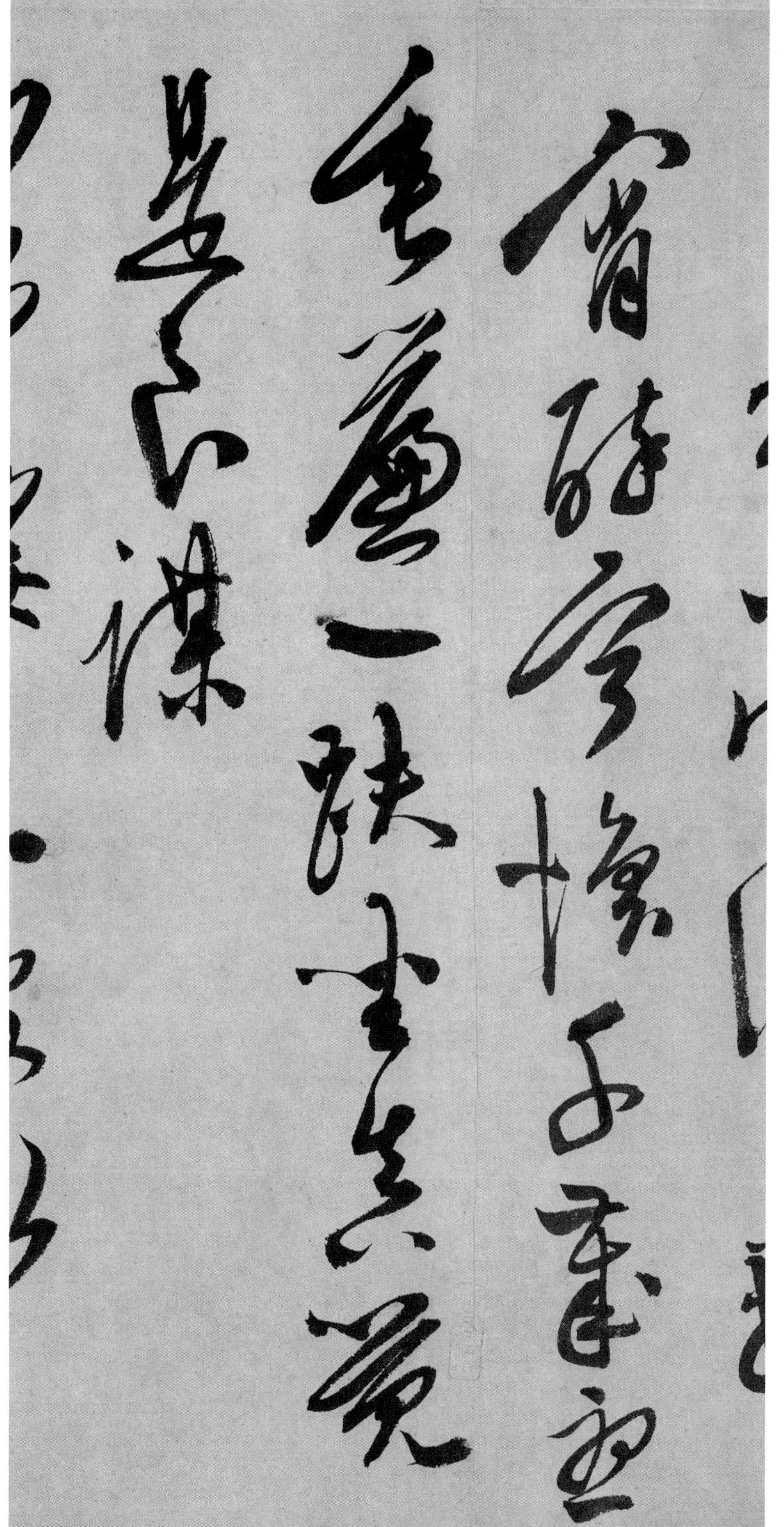

宵醉。宁怀千岁忧。垂帘一趺坐。真觉是良谋。

山堂栖息处。似与世相违。竹色浮杯绿。林光入坐绯。欲行

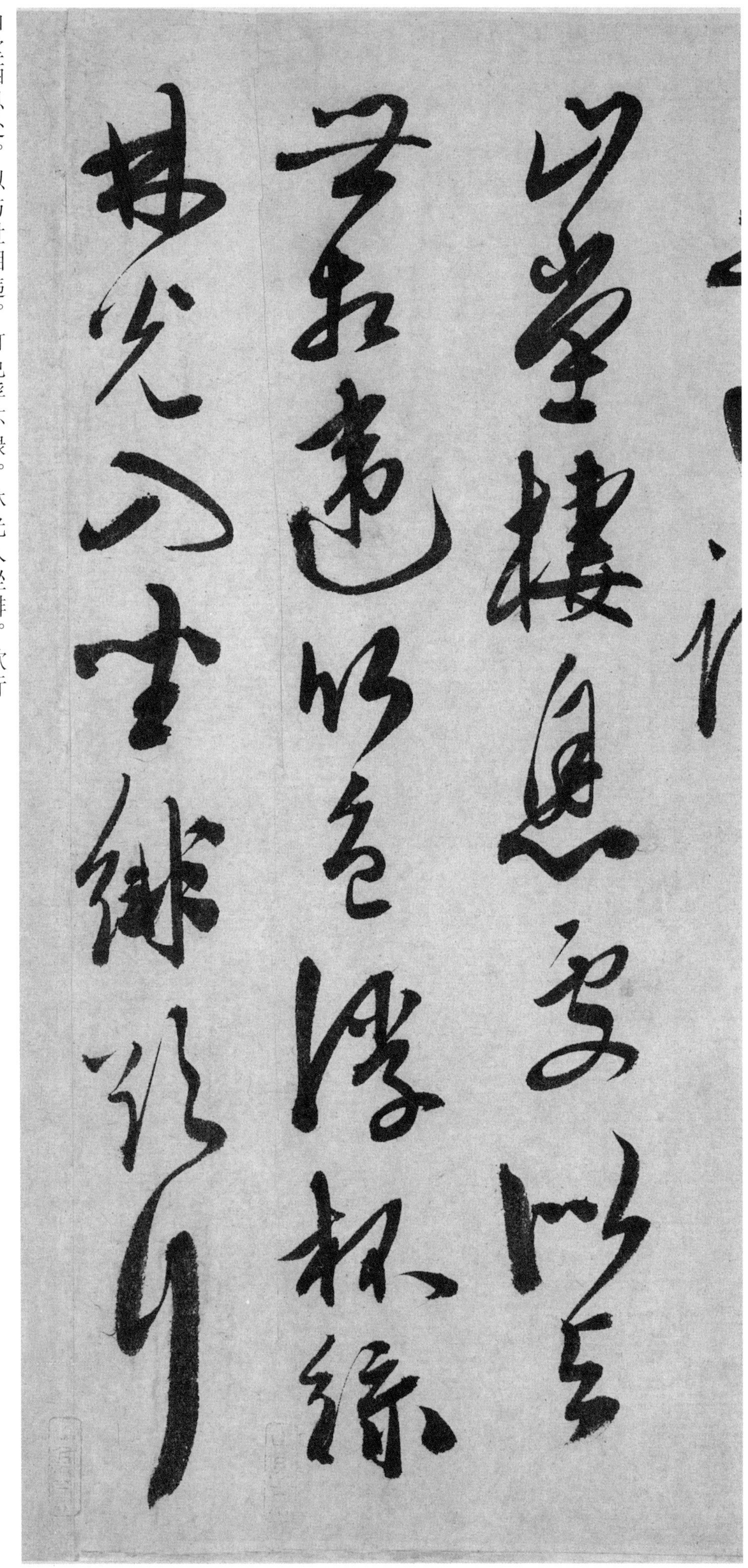

时索杖。频醉不更衣。日夕陶陶尔。知为吾所归。

独眠山馆夜。灯影丽残釭。雨至鸣欹瓦。风来入破窗。隔

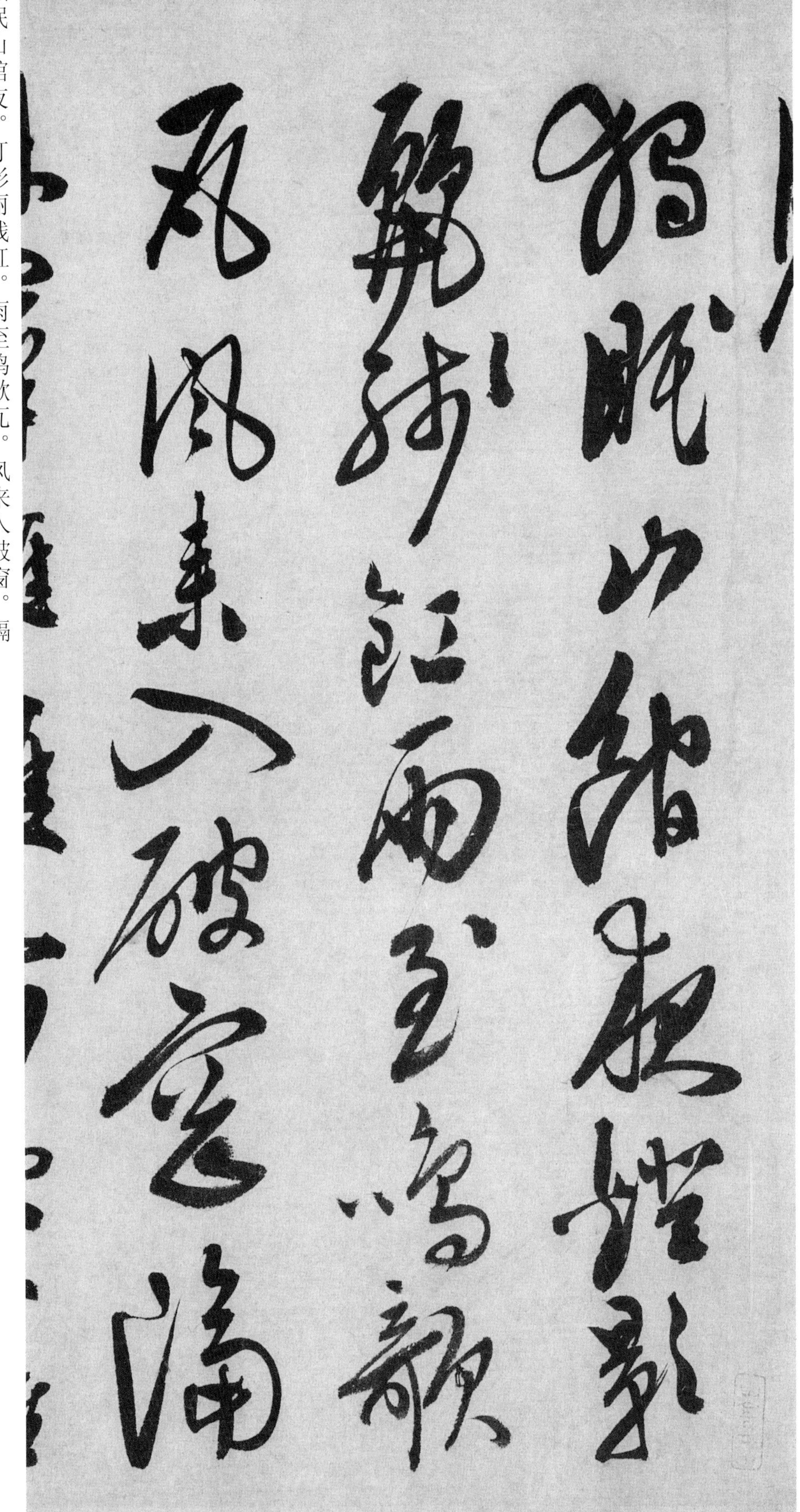

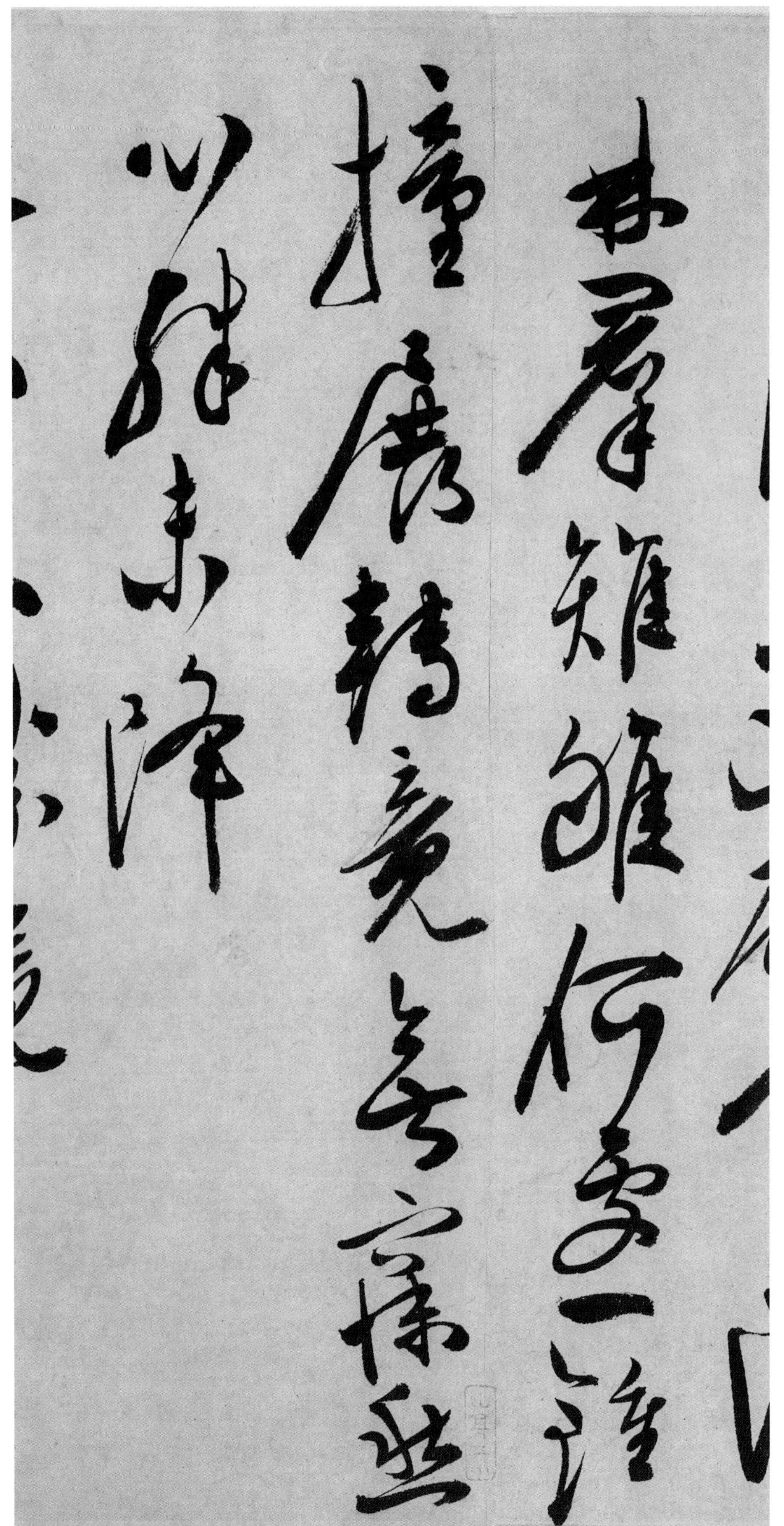

林群雉雊。何处一钟撞。展转竟无寐。愁心殊未降。

吾山真胜境。一坐直千金。世事自旁午。人生空陆沉。利名缘

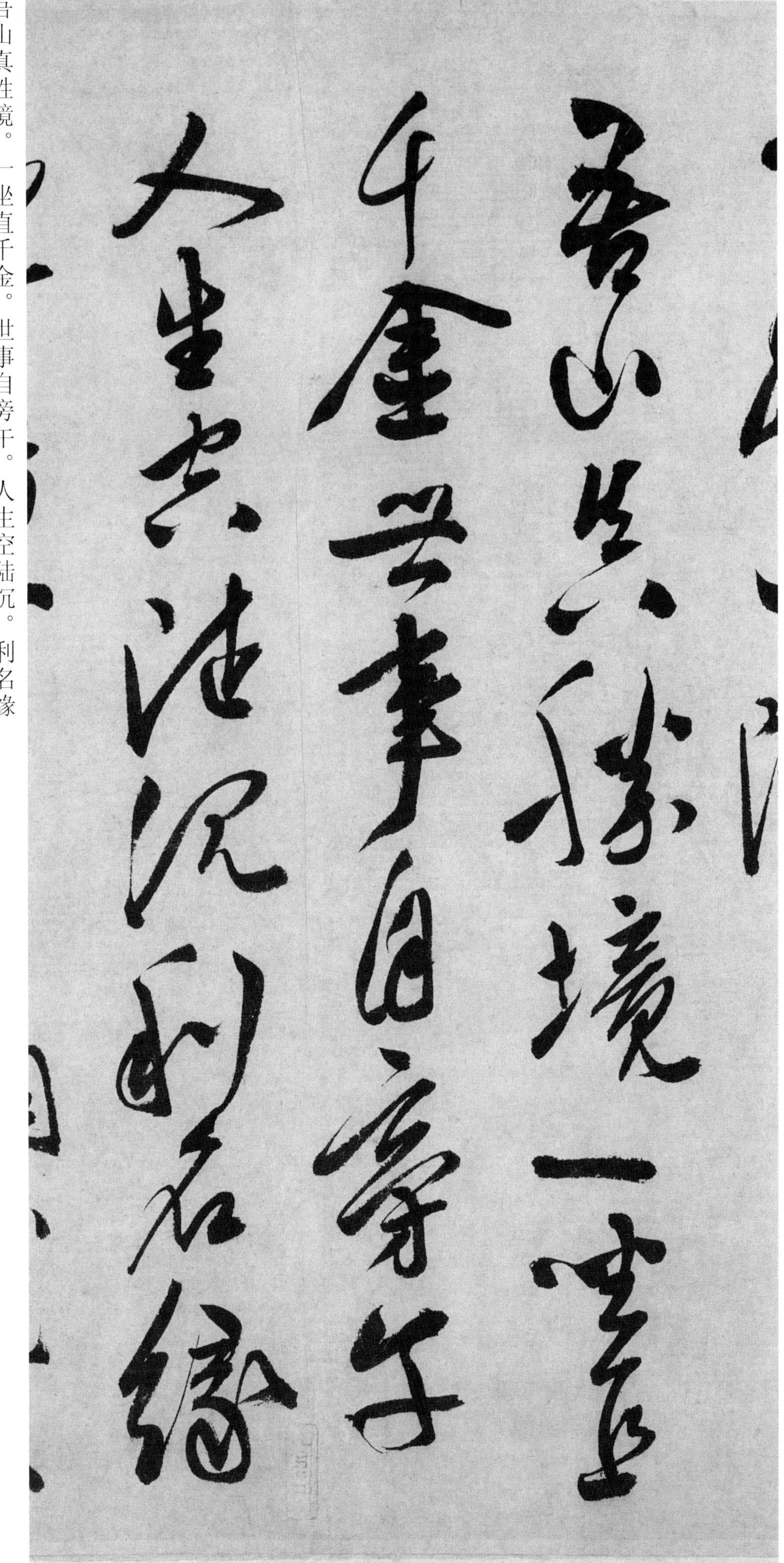

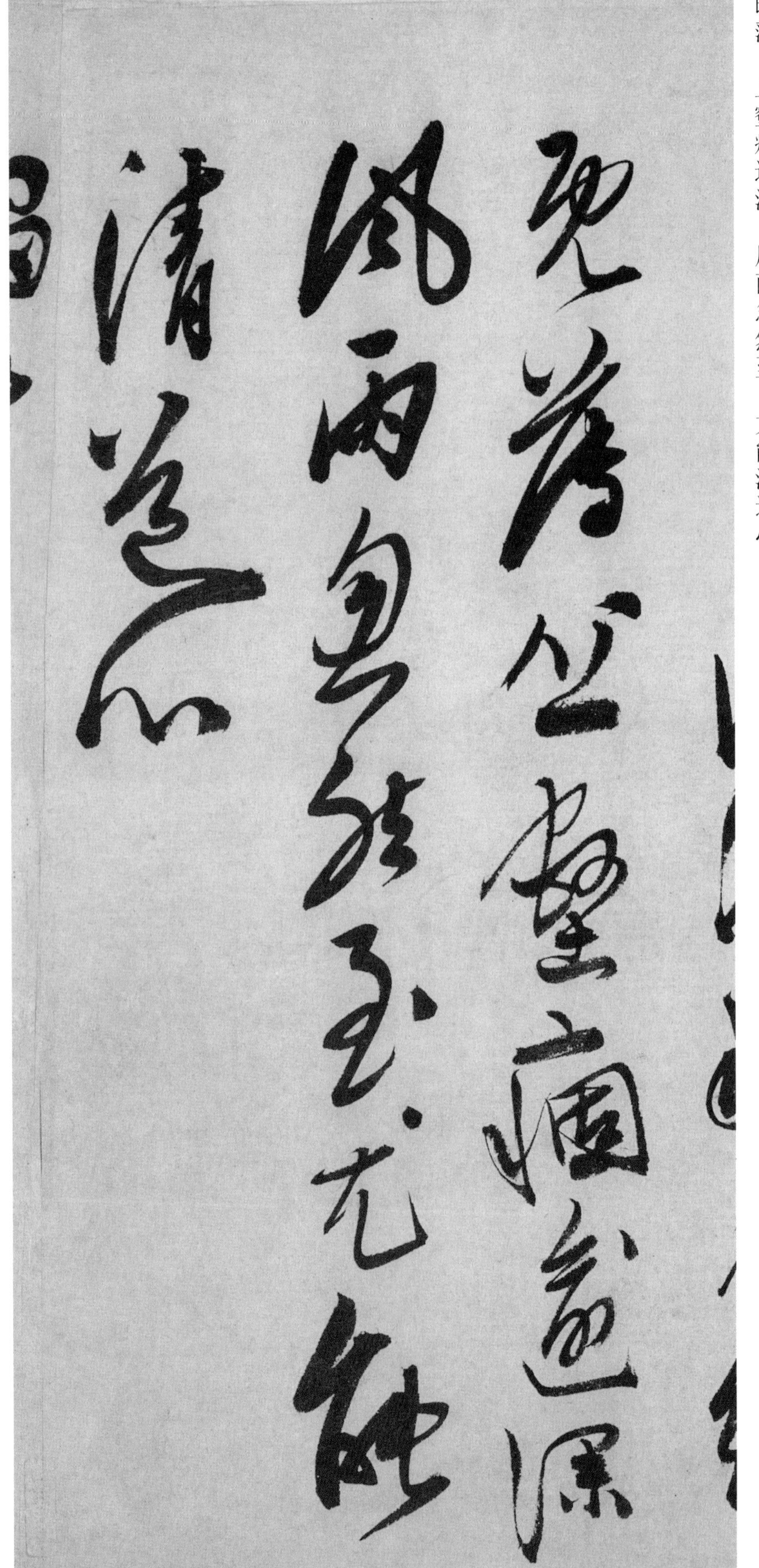

既薄。丘壑痼逾深。风雨忽然至。尤能清道心。

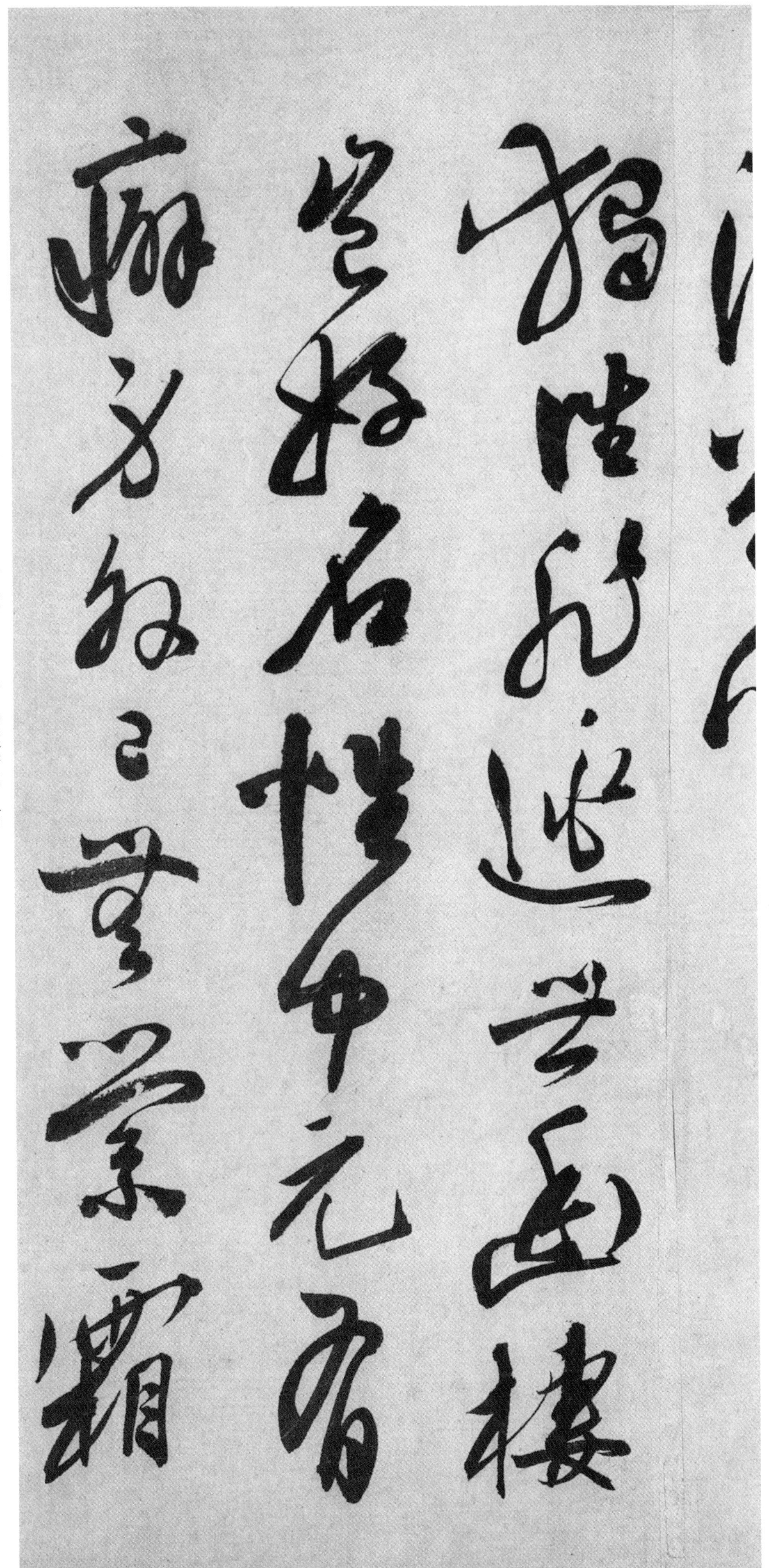

独往非逃世。幽栖岂好名。性中元（通「原」）有癖。身外已无萦。霜

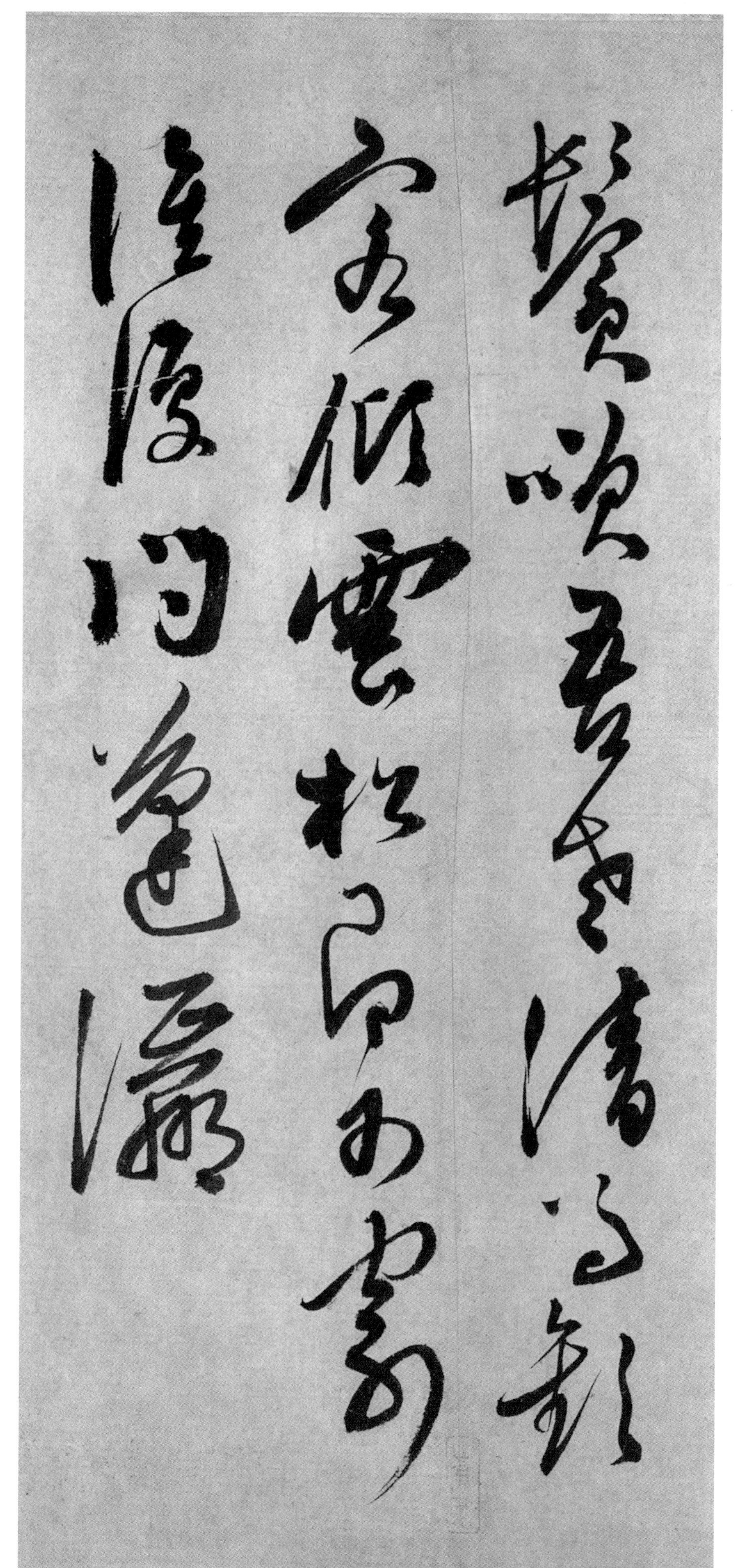

鬓笑吾老。清尊欢客倾。云松即可寄。谁复问蓬瀛。

招提深寂寂。小阁向明开。云影当窗落。松阴傍榻栽。世

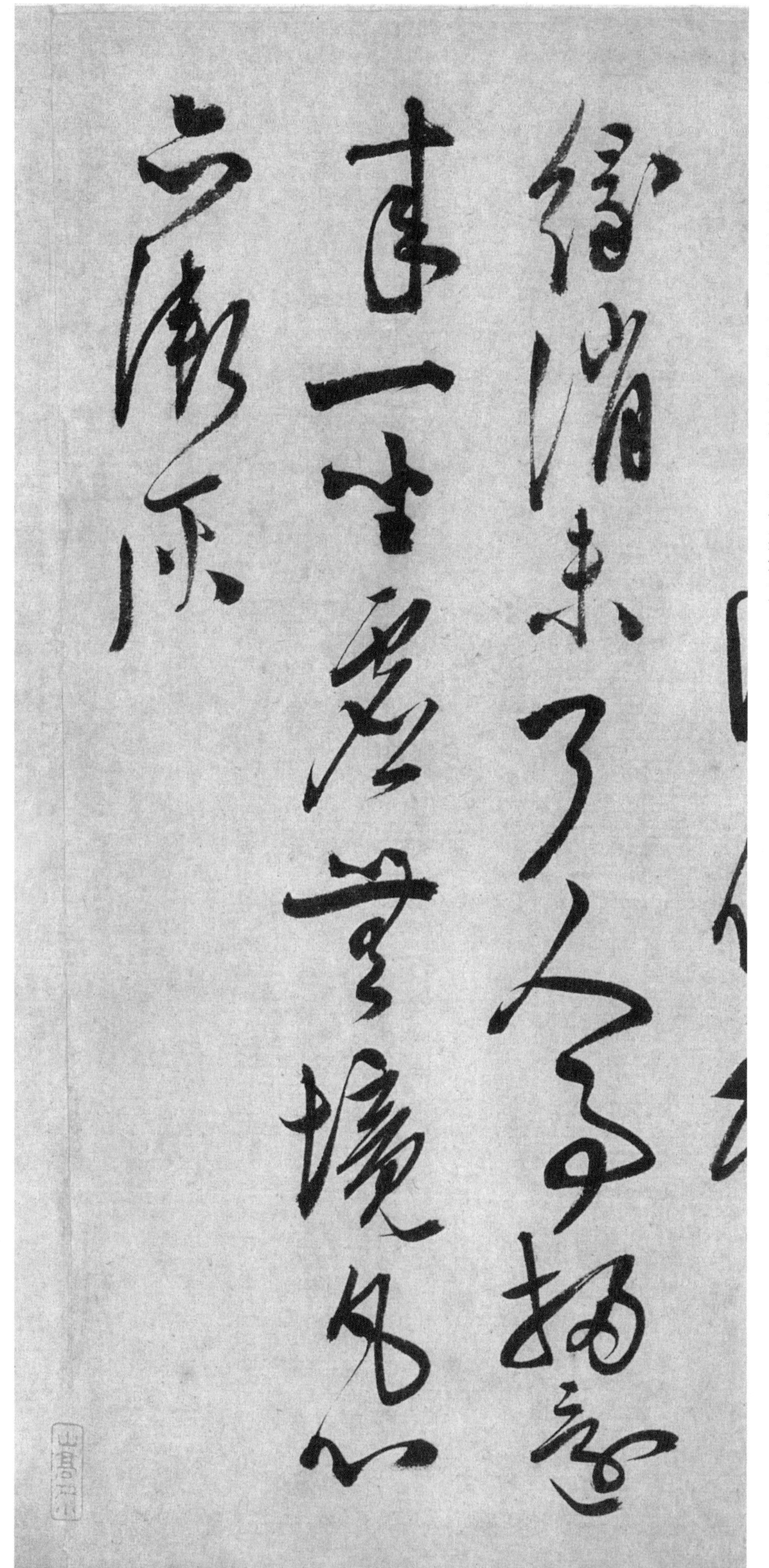

缘消未了。人事扫还来。一坐虚无境。凡心亦渐灰。

山居无事。漫理旧稿。案上得此素卷。因录数诗于上。以请教于大方云。

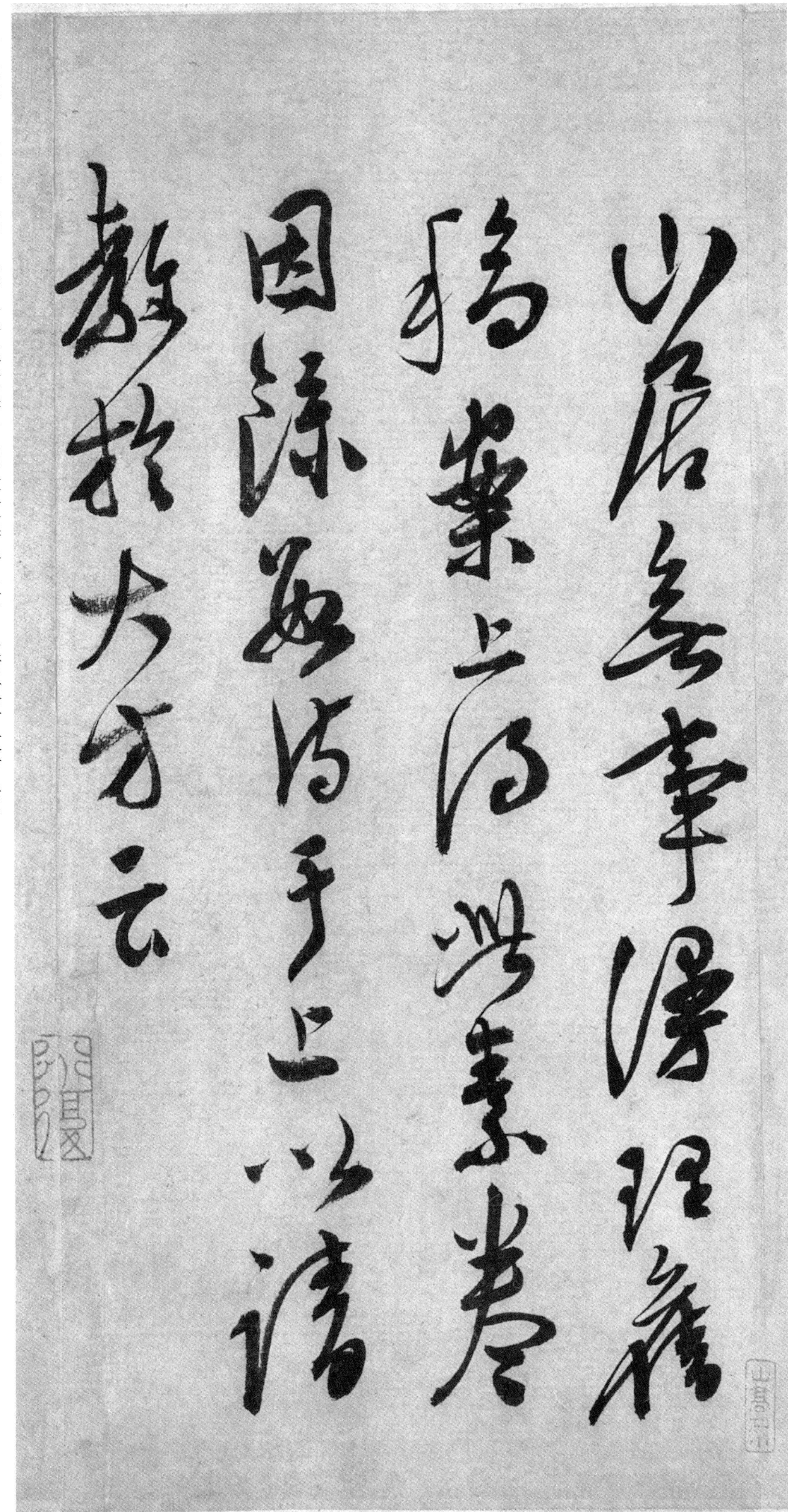

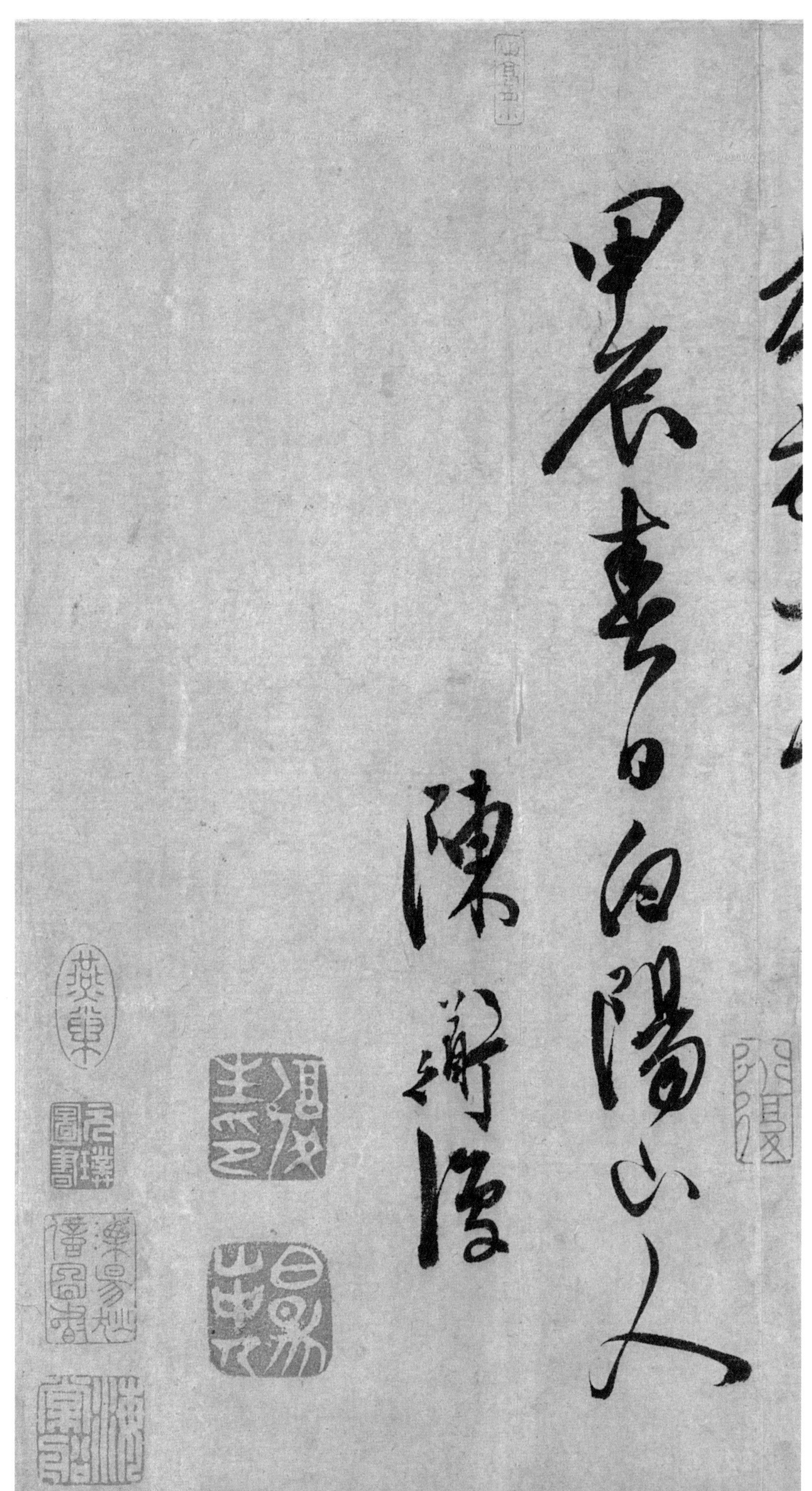

甲辰春日。白阳山人。陈道复。

陈徵君平生学米南宫。可称具体。惜其晚年为曲蘖所伤。腕间运掣无精气。结构不及耳。

然其圆润清媚。动合自然。无纤毫刻意做作。遂能成家。今吴中自祝京兆、王贡士二先生而下。

辄首举徵君。即文太史当居北面。非过论也。盖太史法度有余。而天趣不足。徵君笔趣骨力与

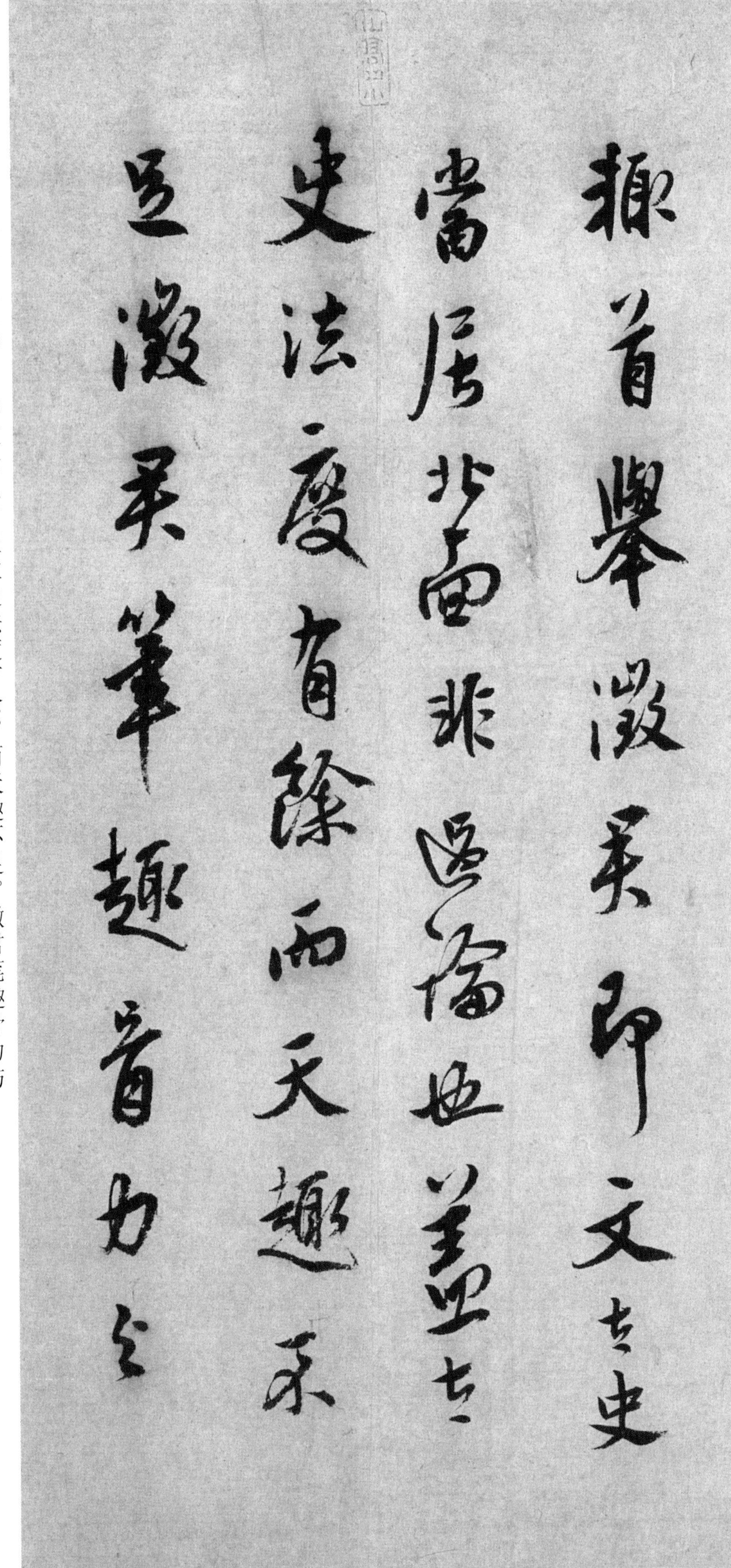

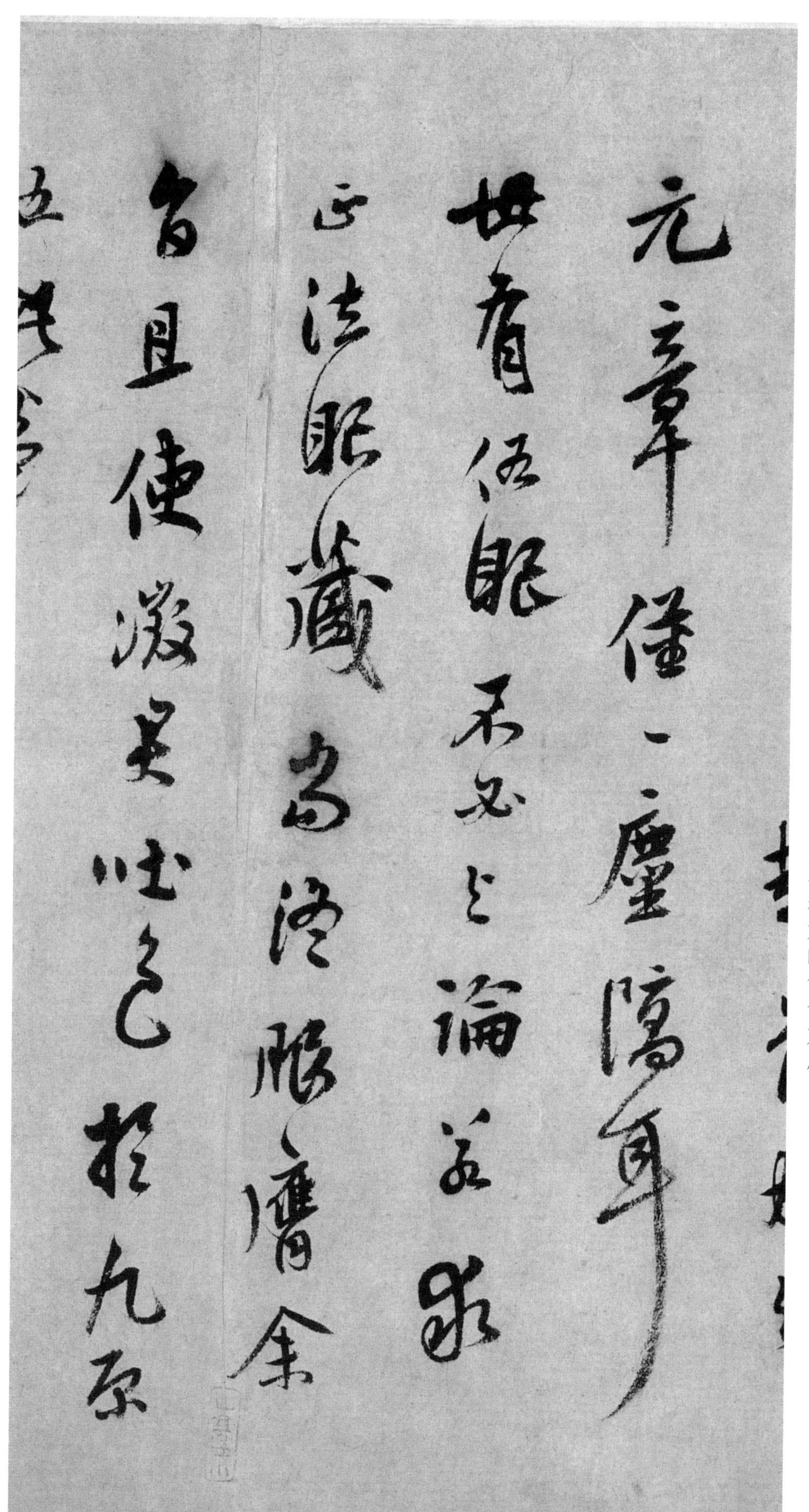

元章仅一尘隔耳。世有俗眼。不必与论。若求正法眼藏。当终服膺余旨。且使徵君吐色于九原

也。此卷是其山居无事时作。与寻常酬应者不同。更可宝袭。莫云卿观于燕山客舍题此。

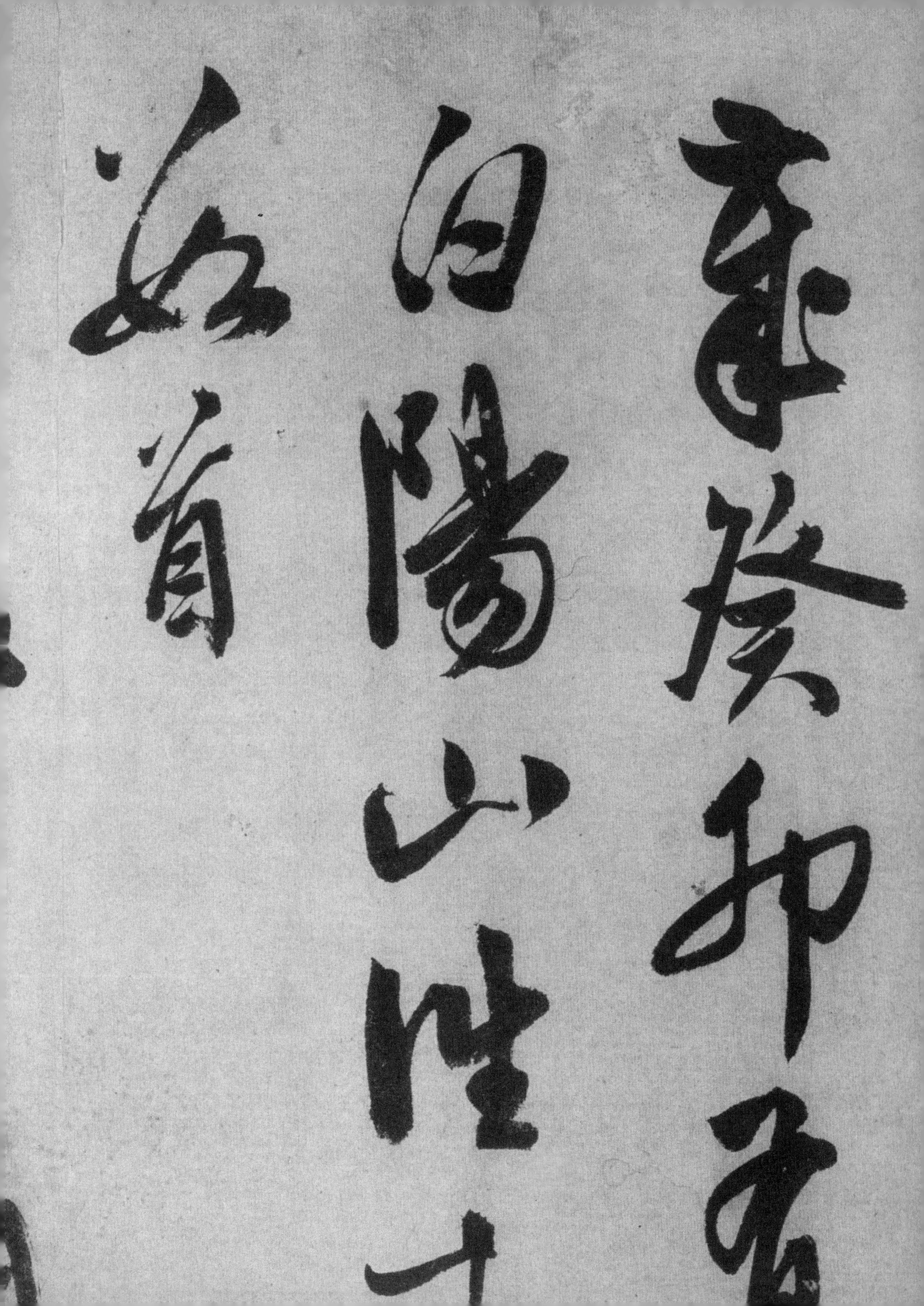

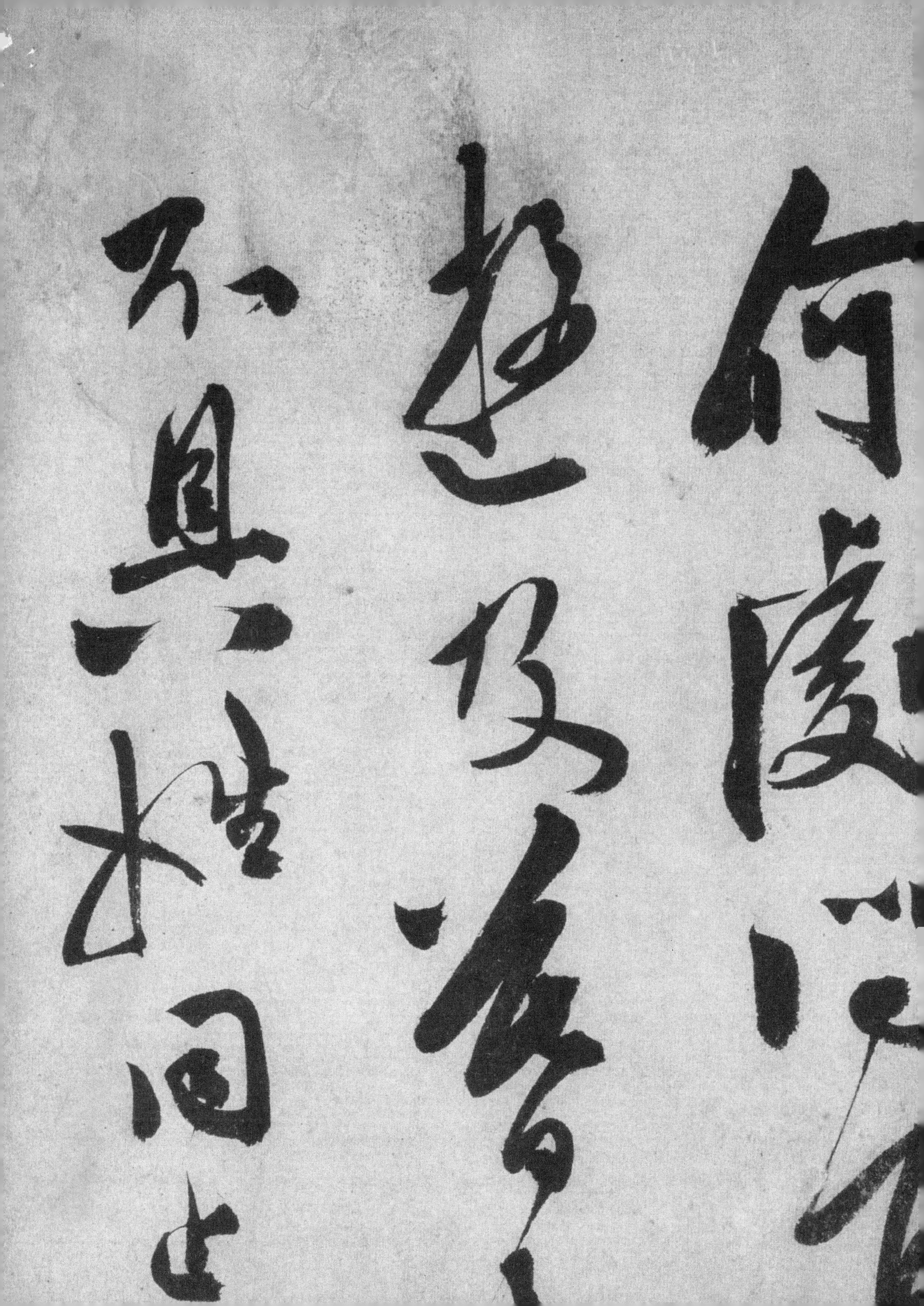

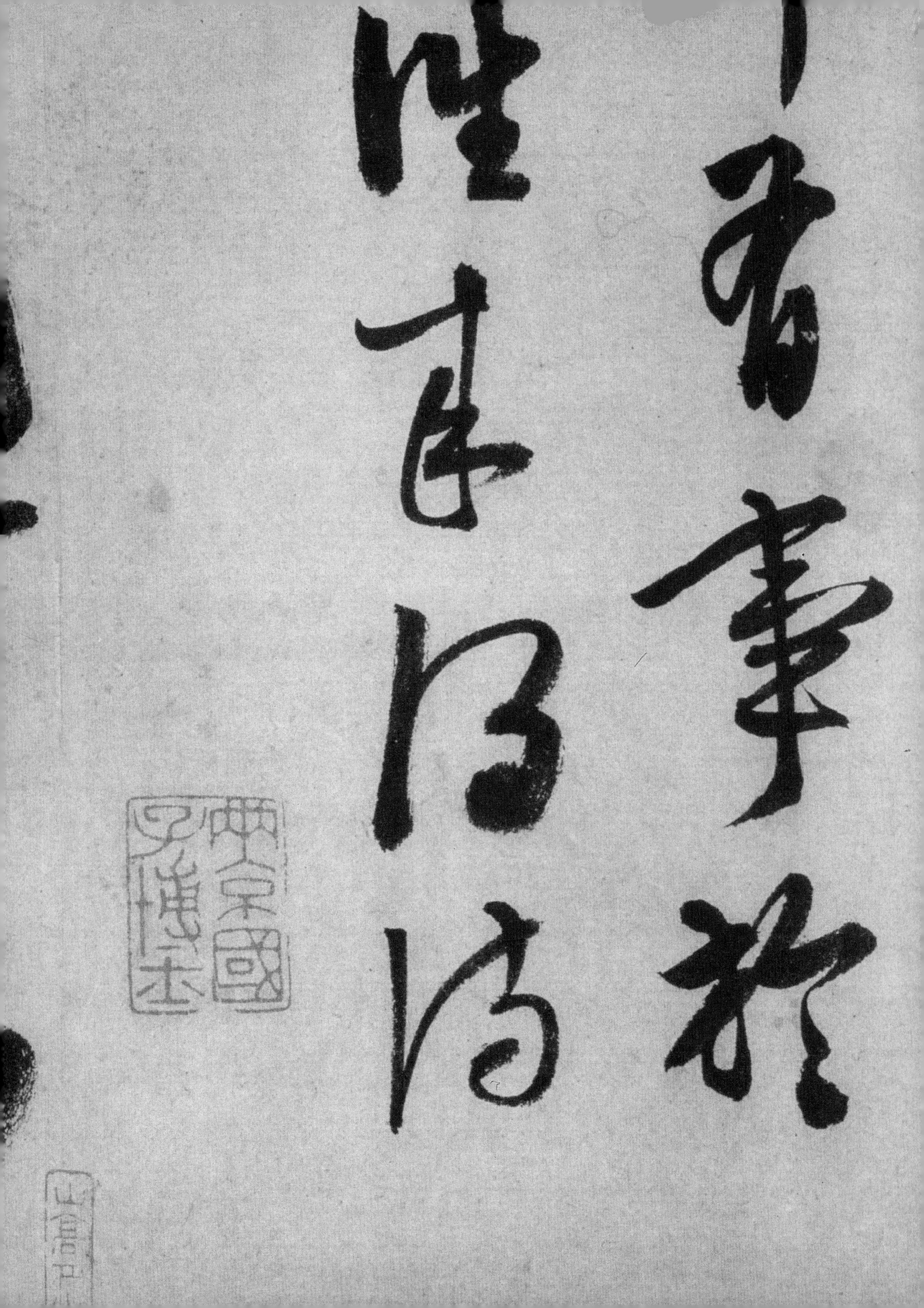

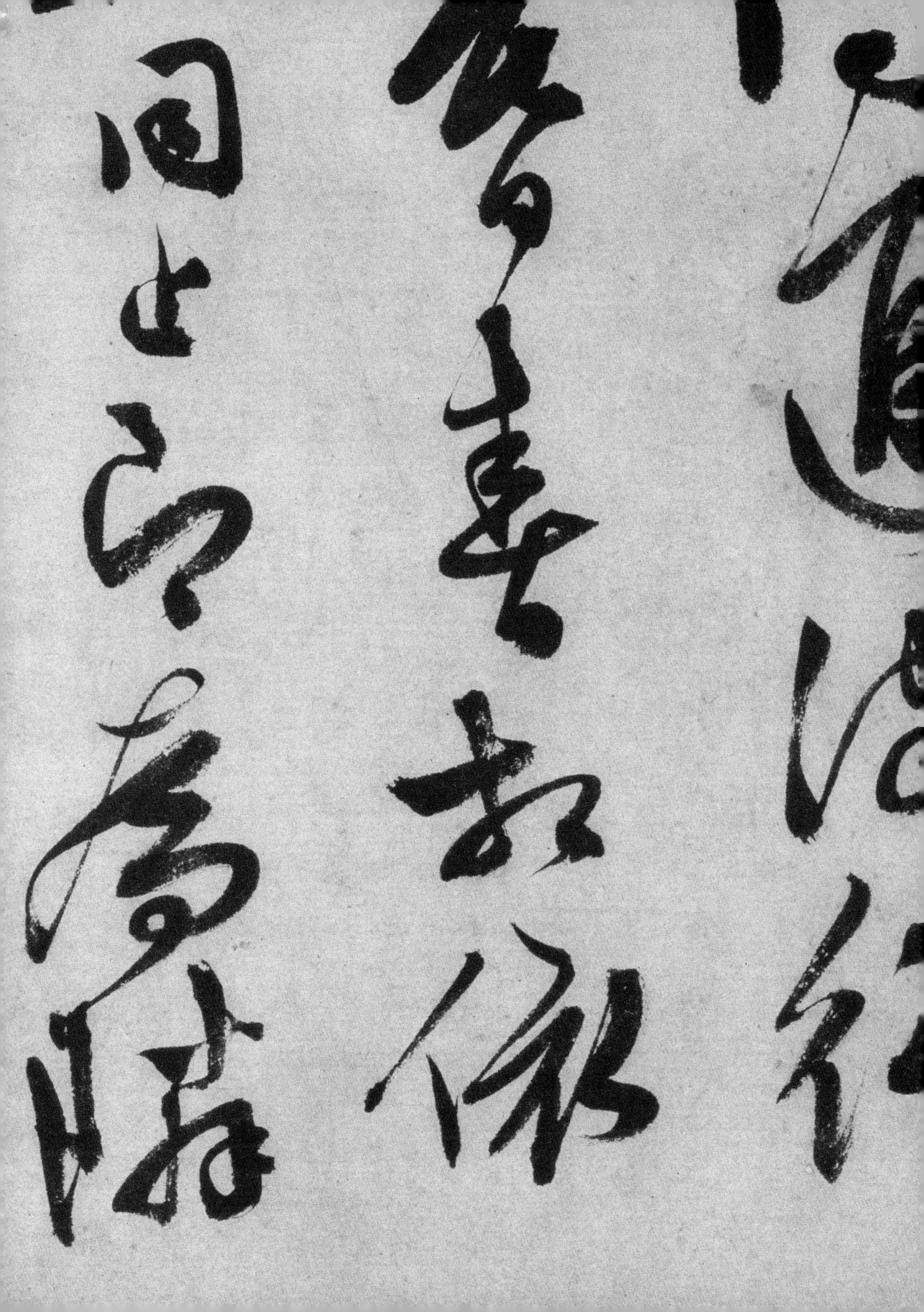

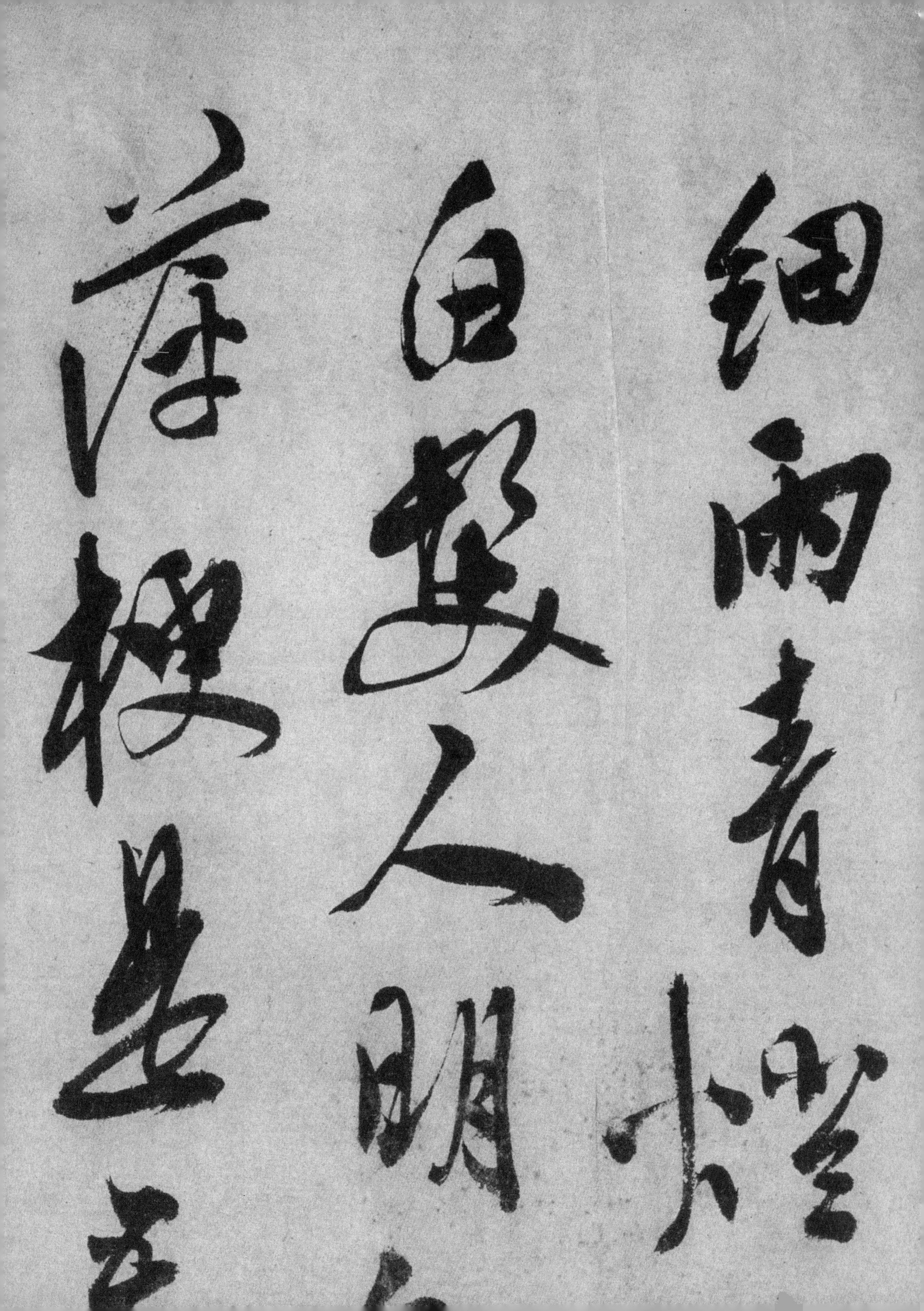

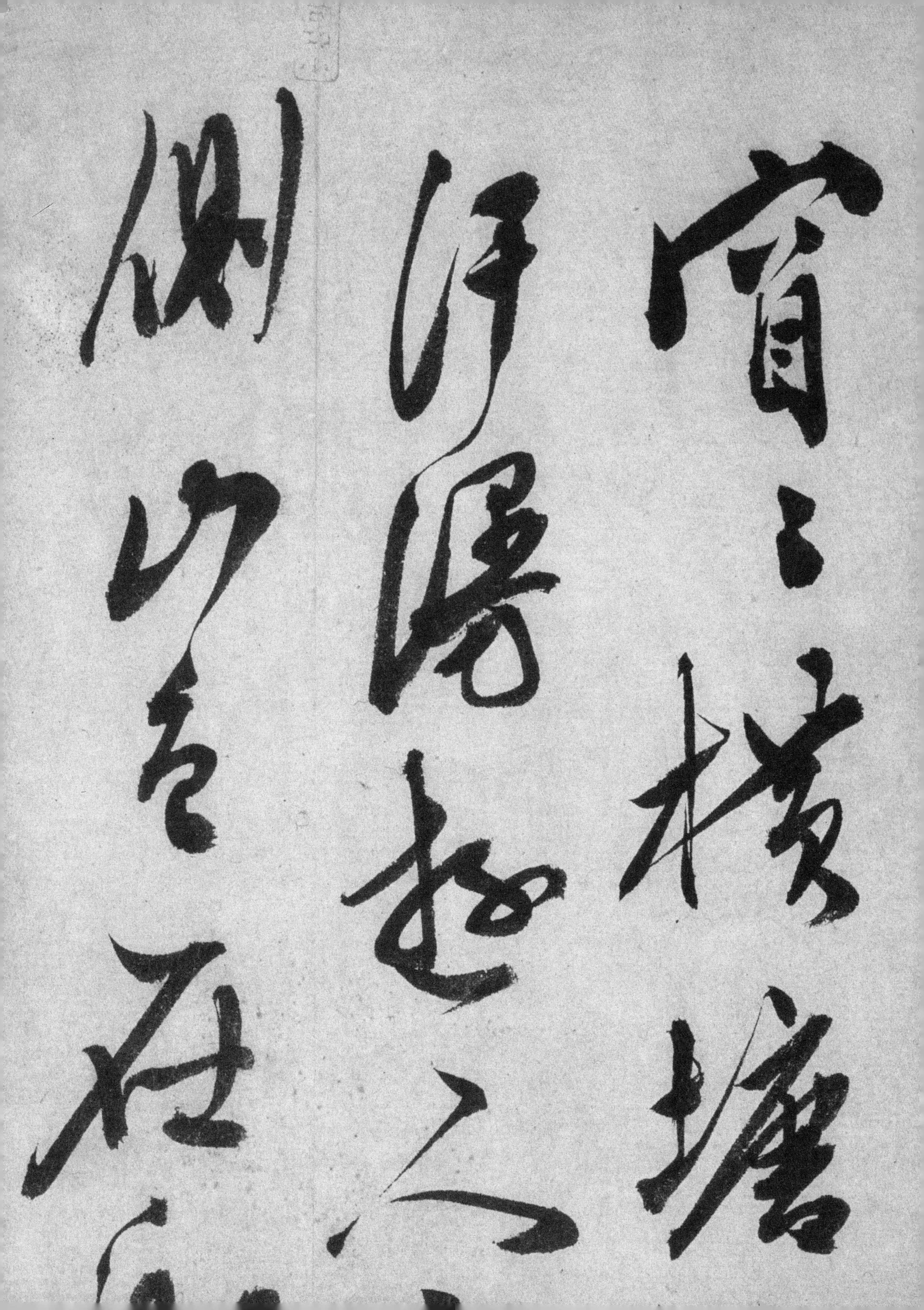

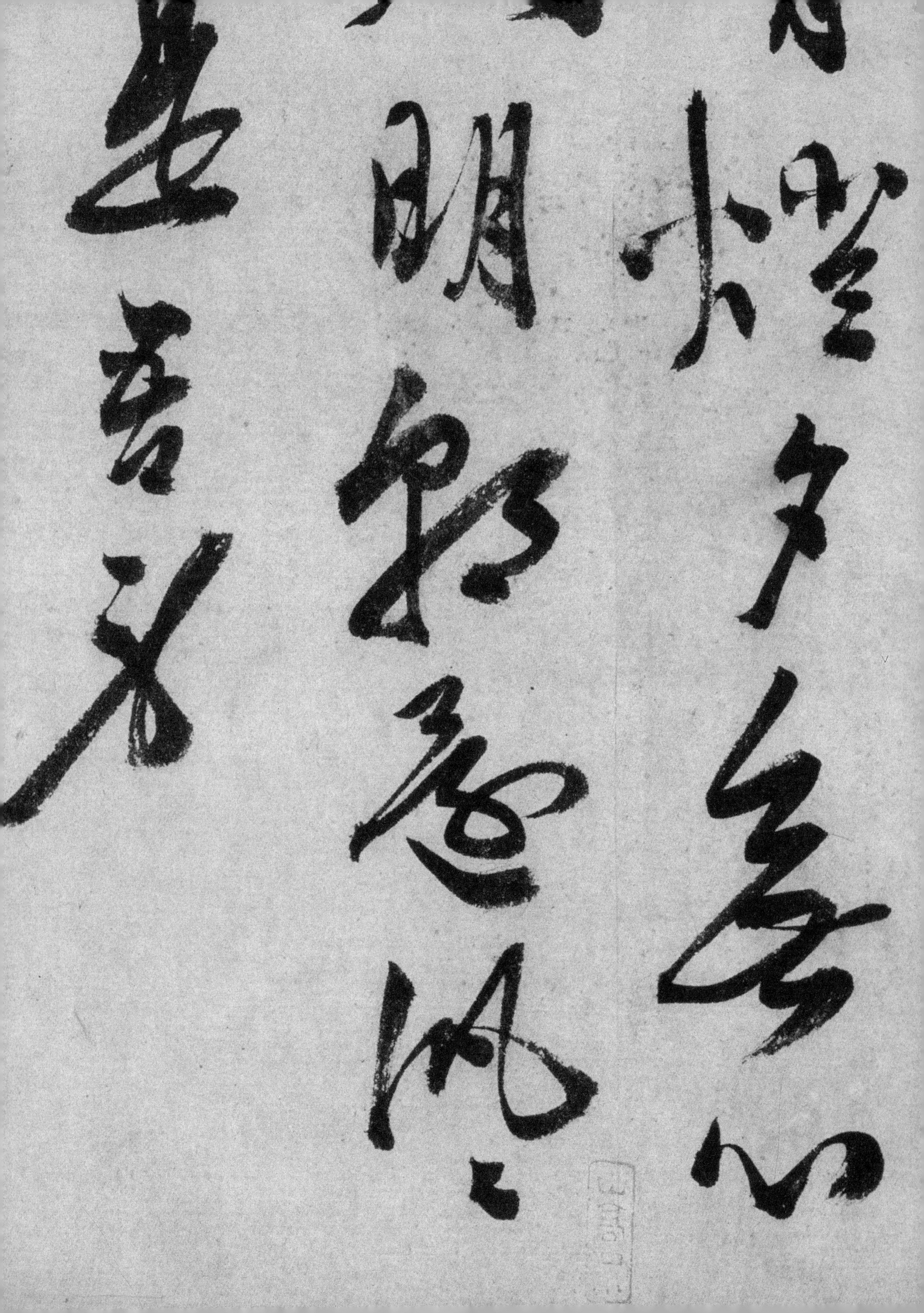

塘路斷為
過人家依岸
在船似柔

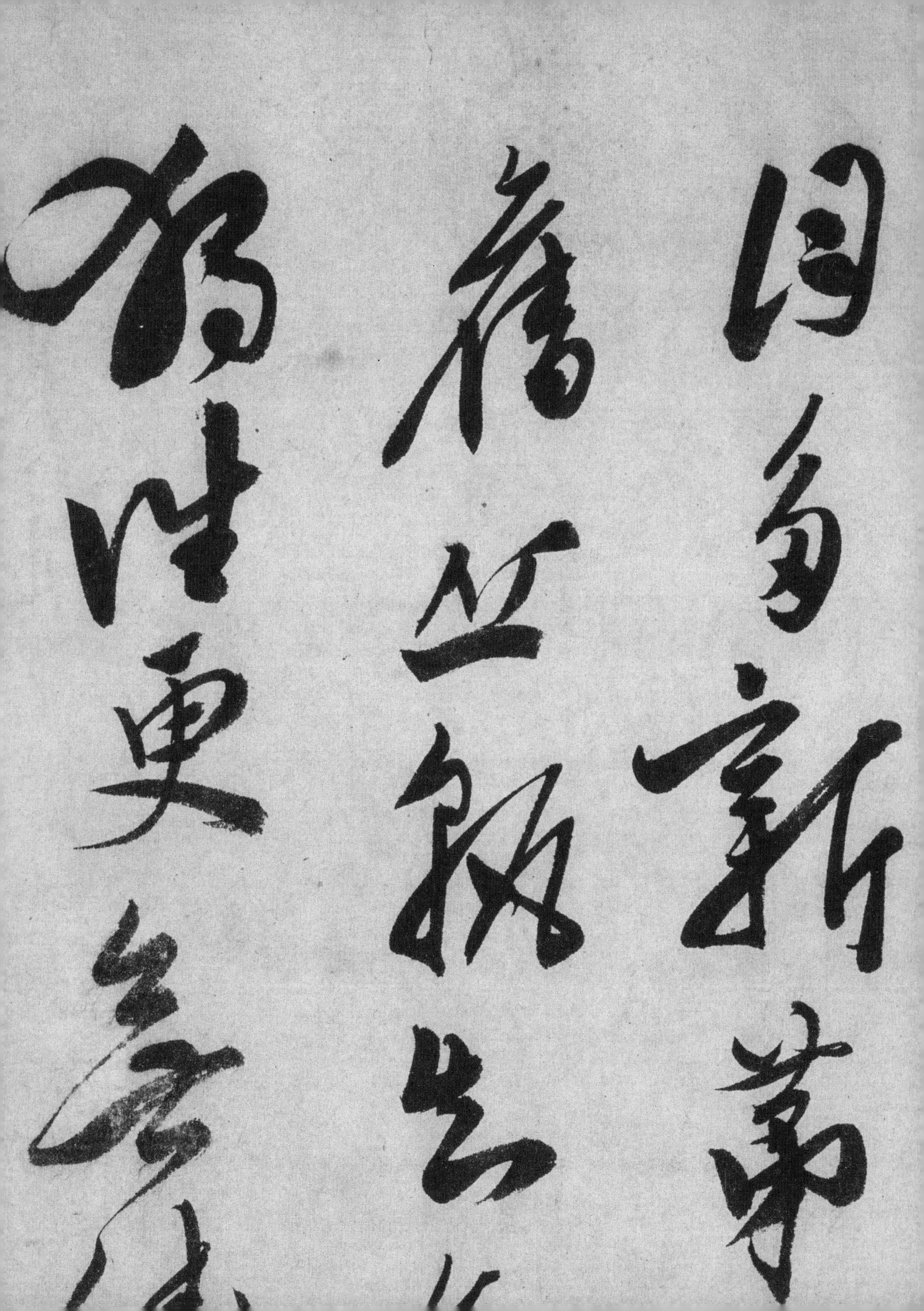

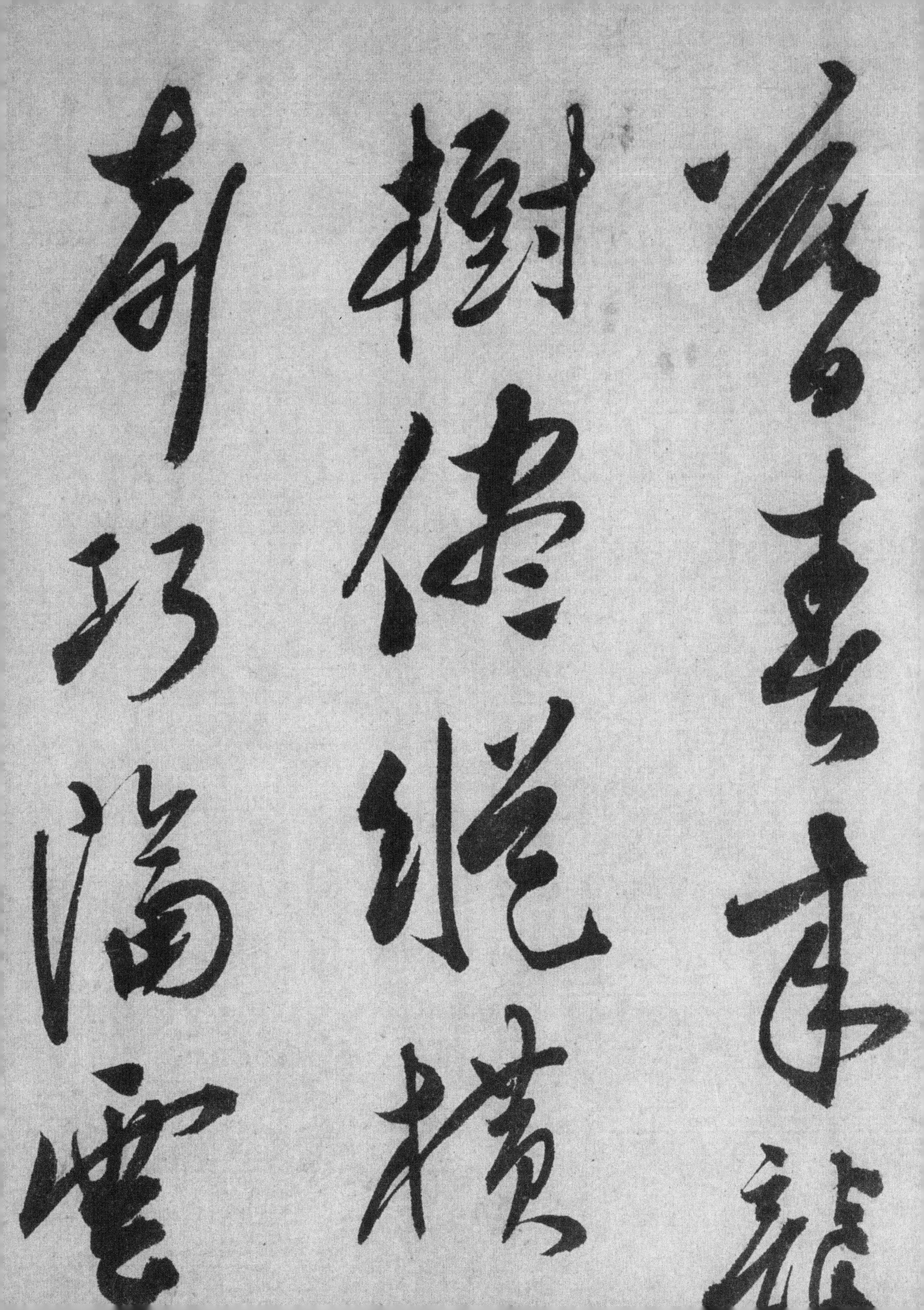

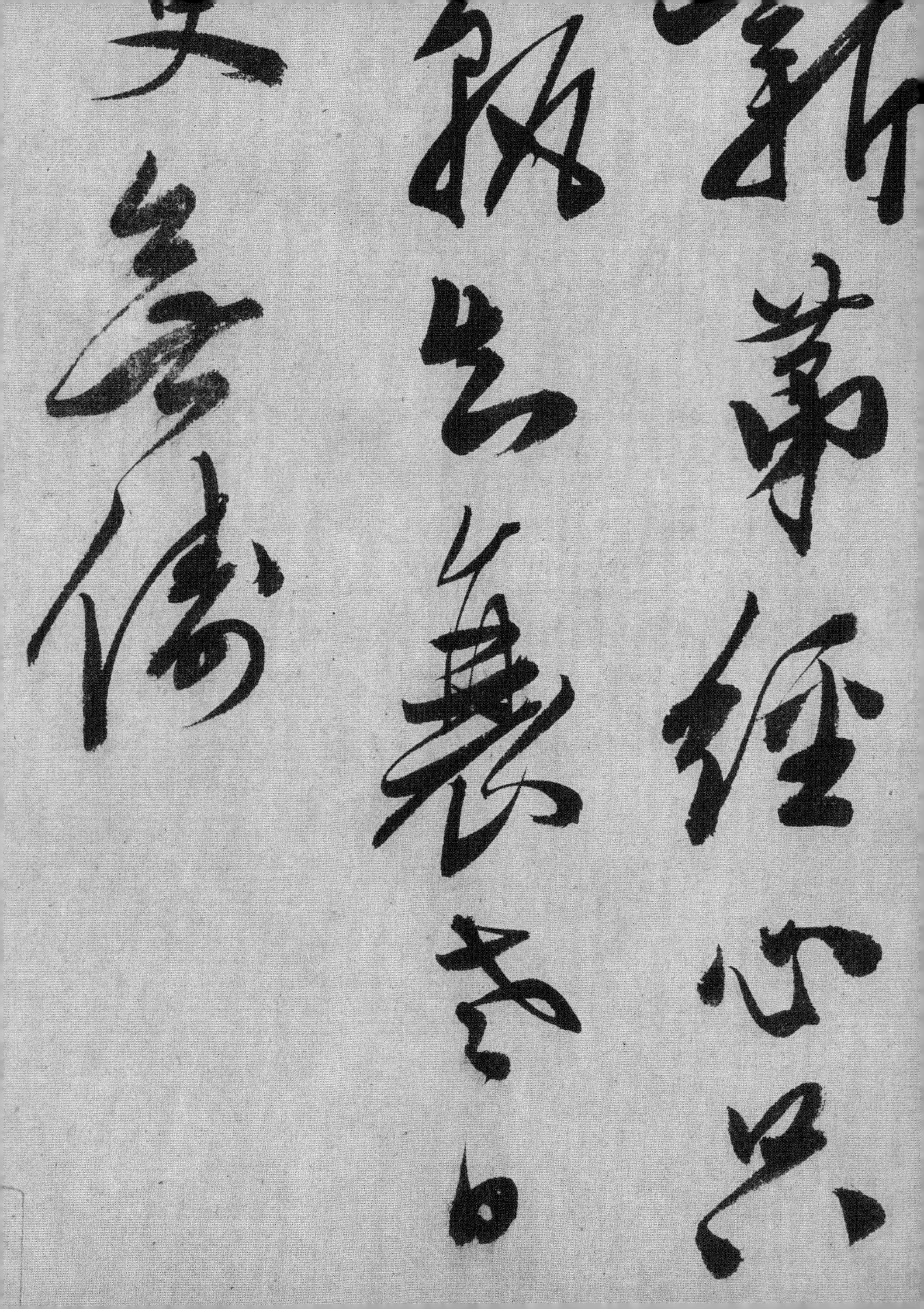

寸龍之人行
絕積過雨餘
滿雲山色輕

自以湖山村
將老年衰
寫門外綠

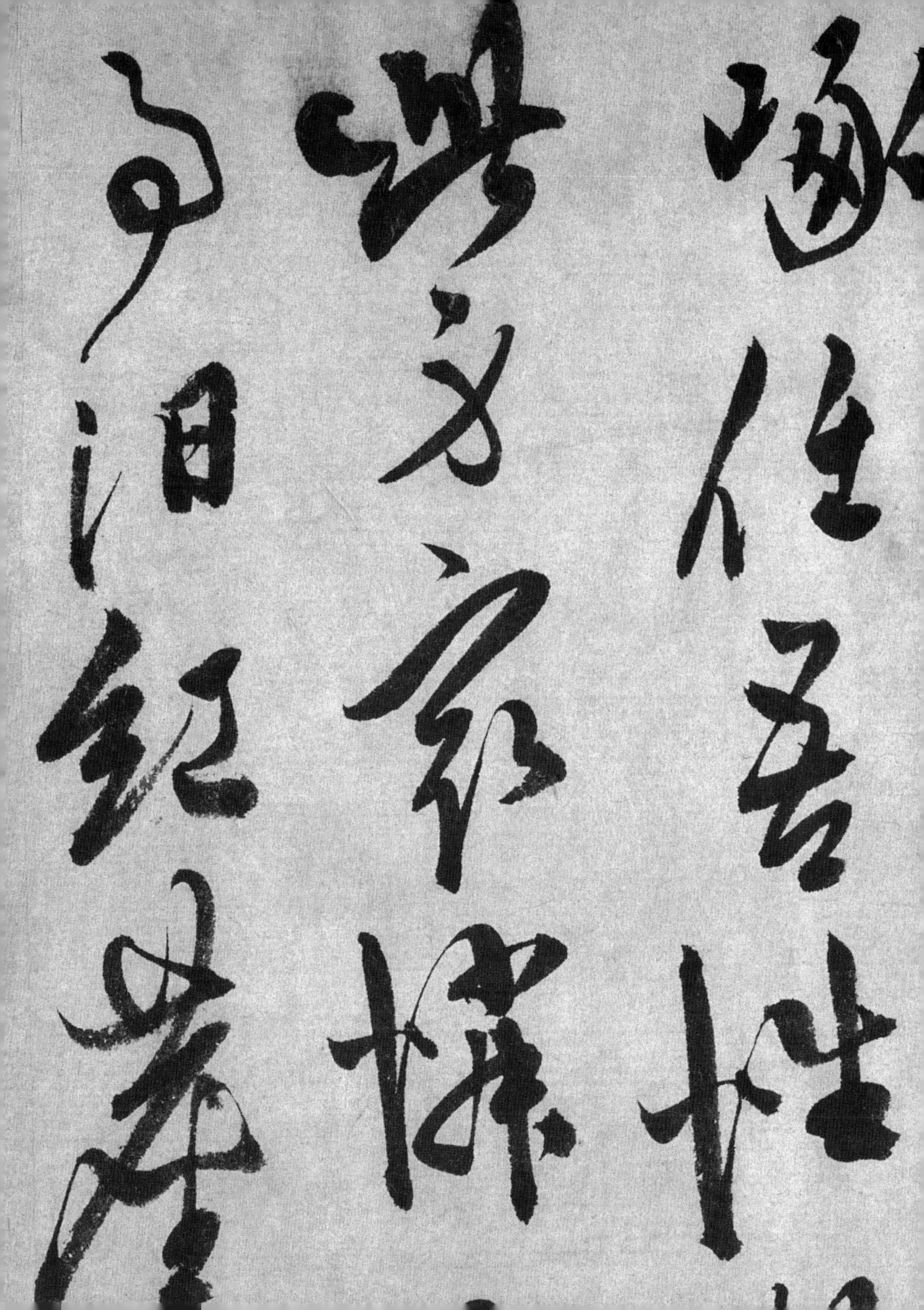

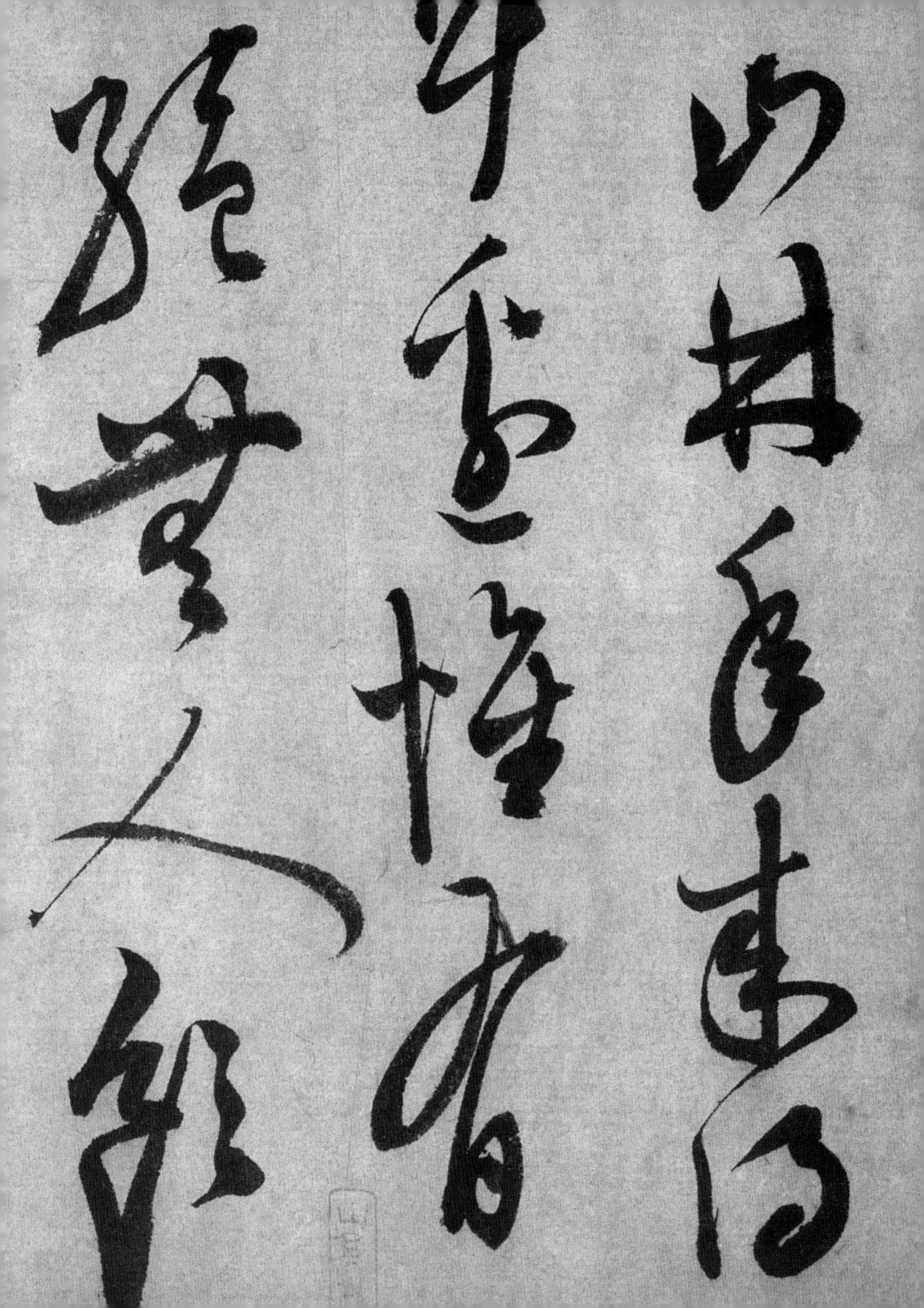

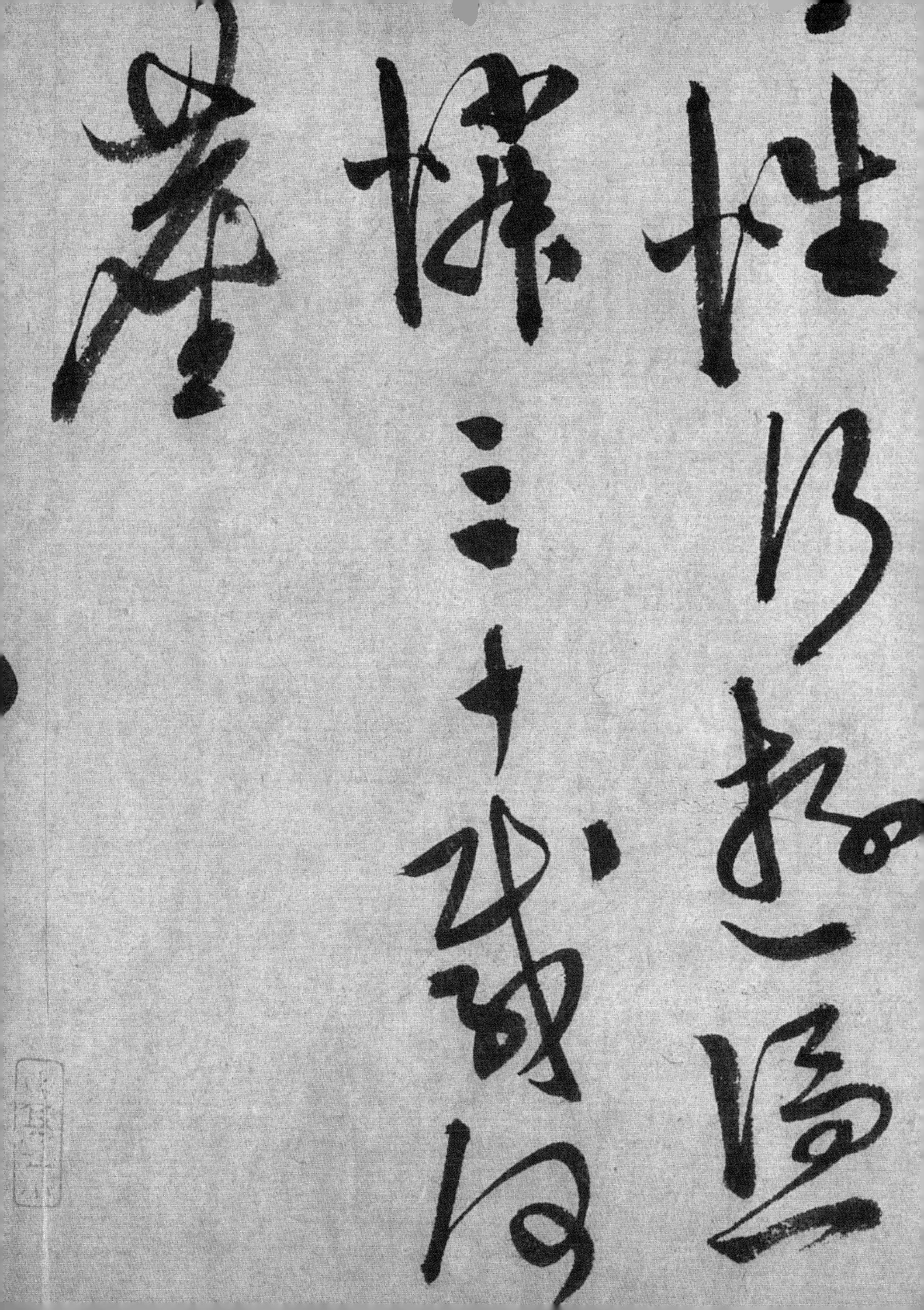

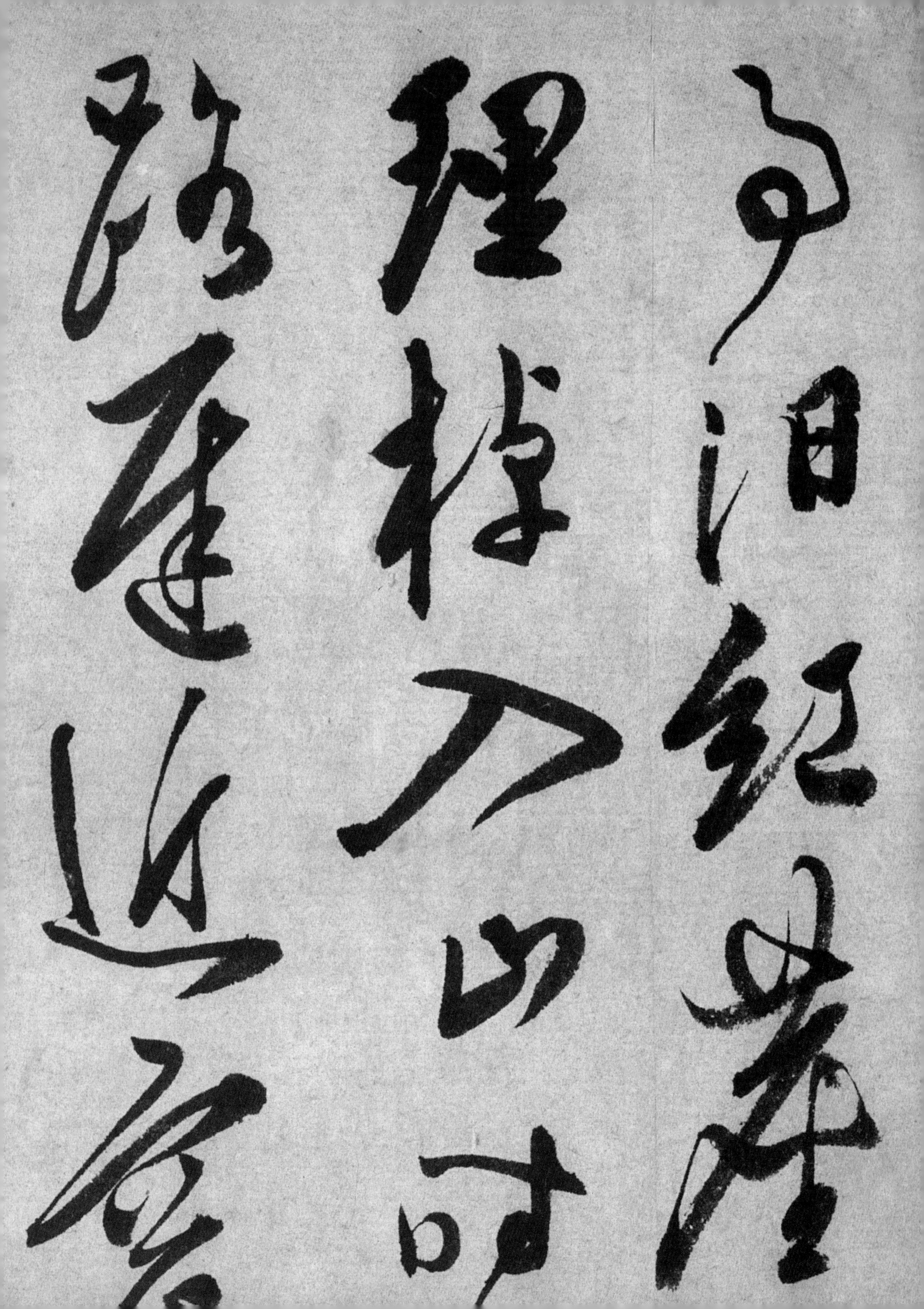

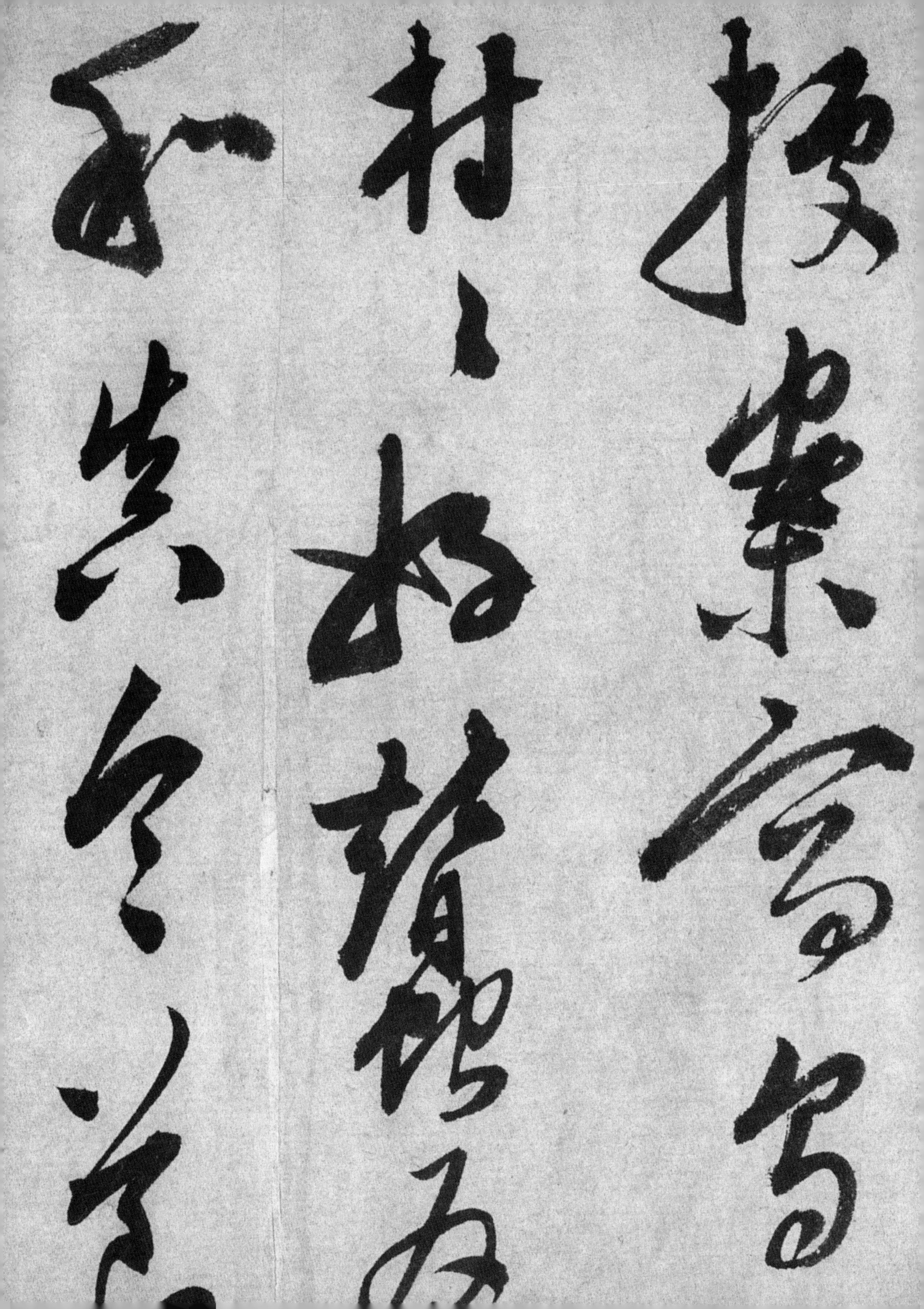

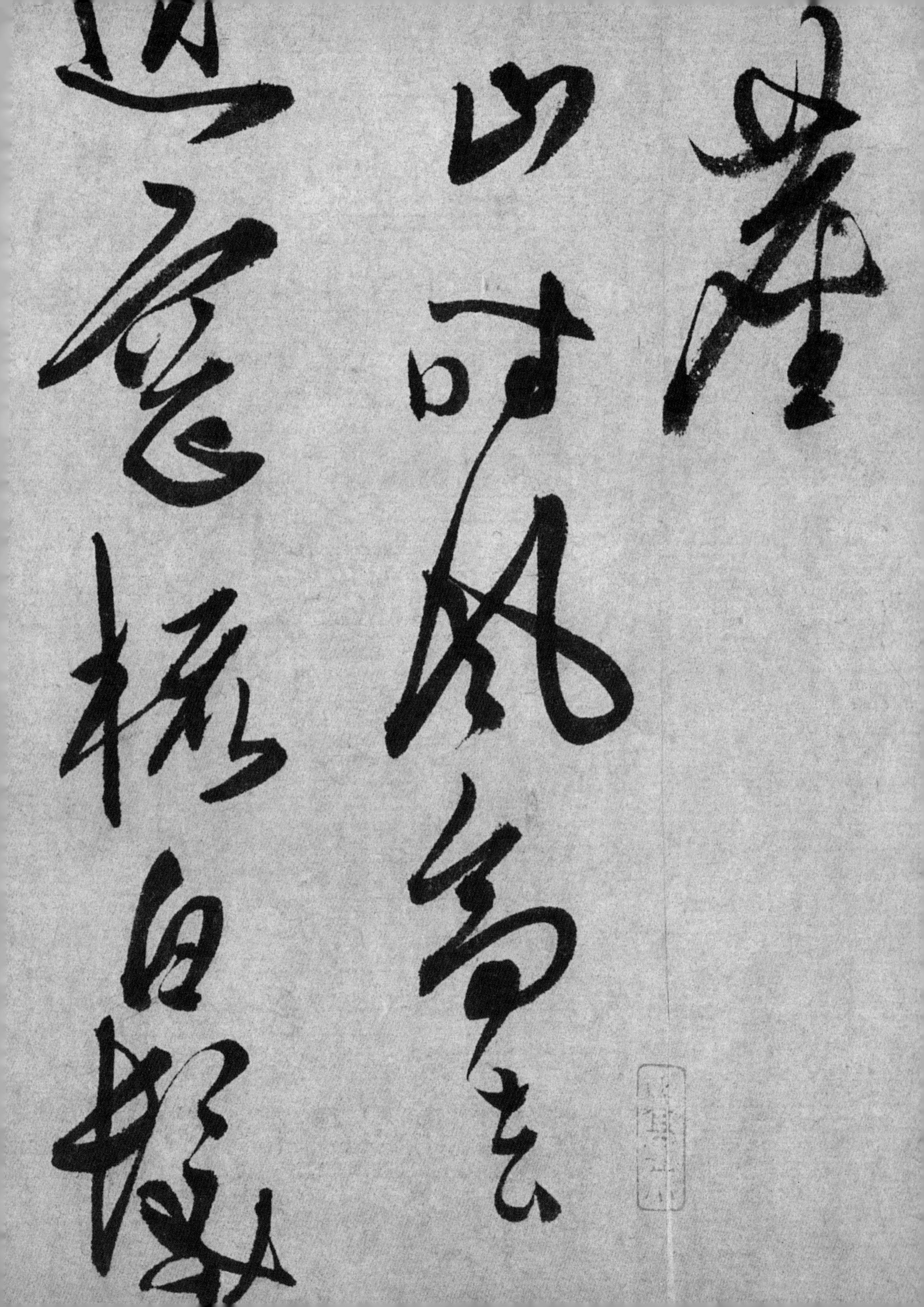

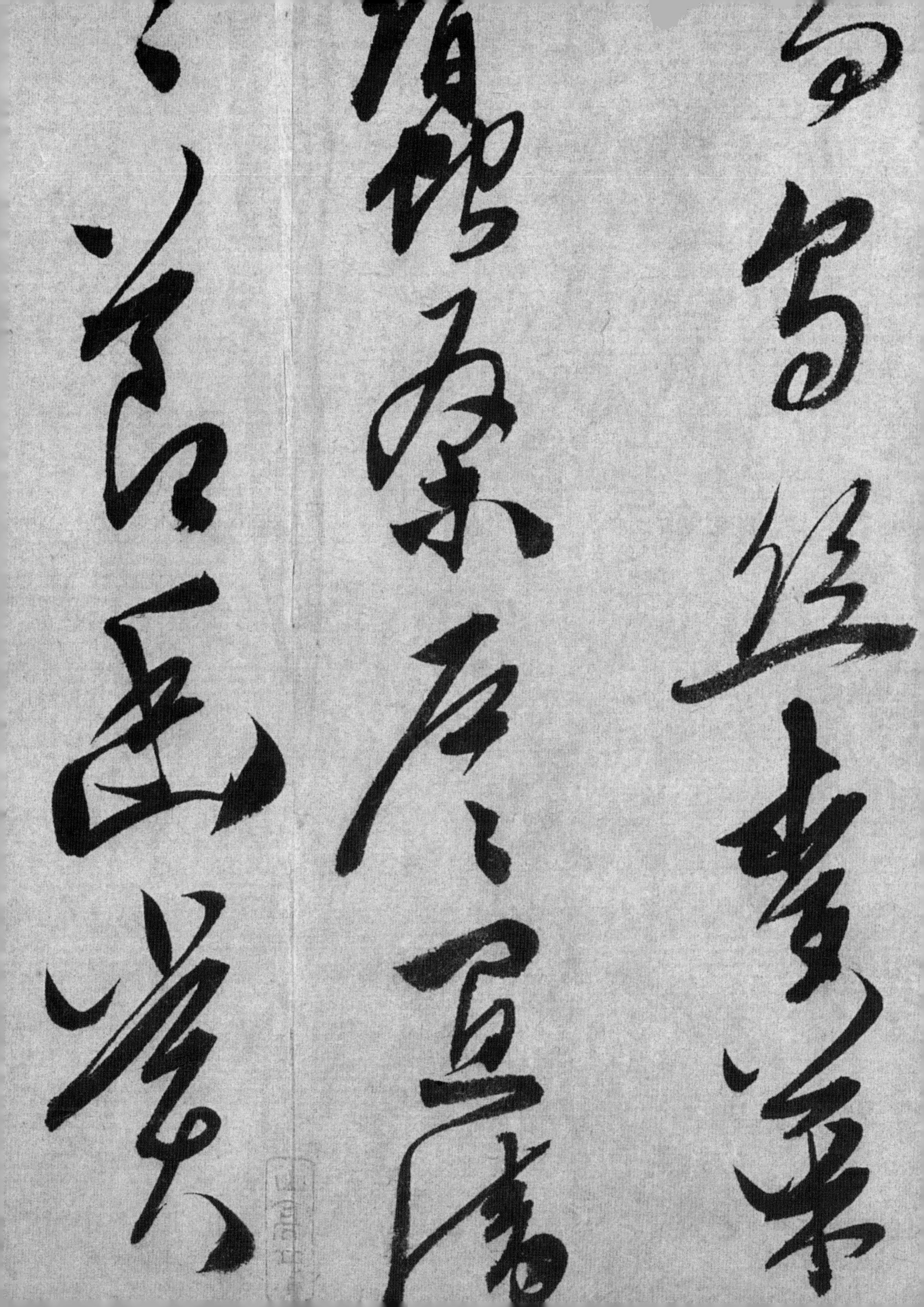

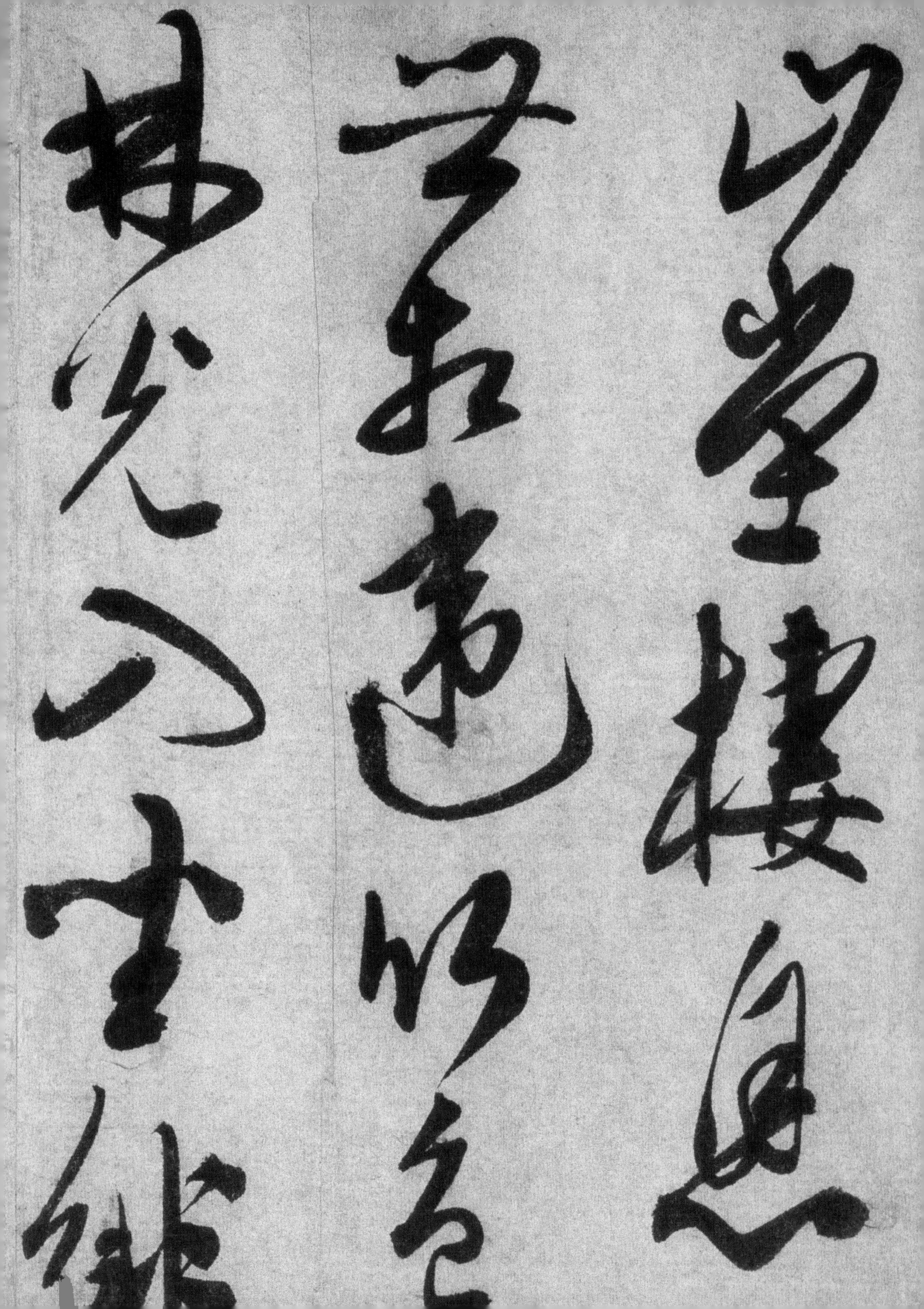

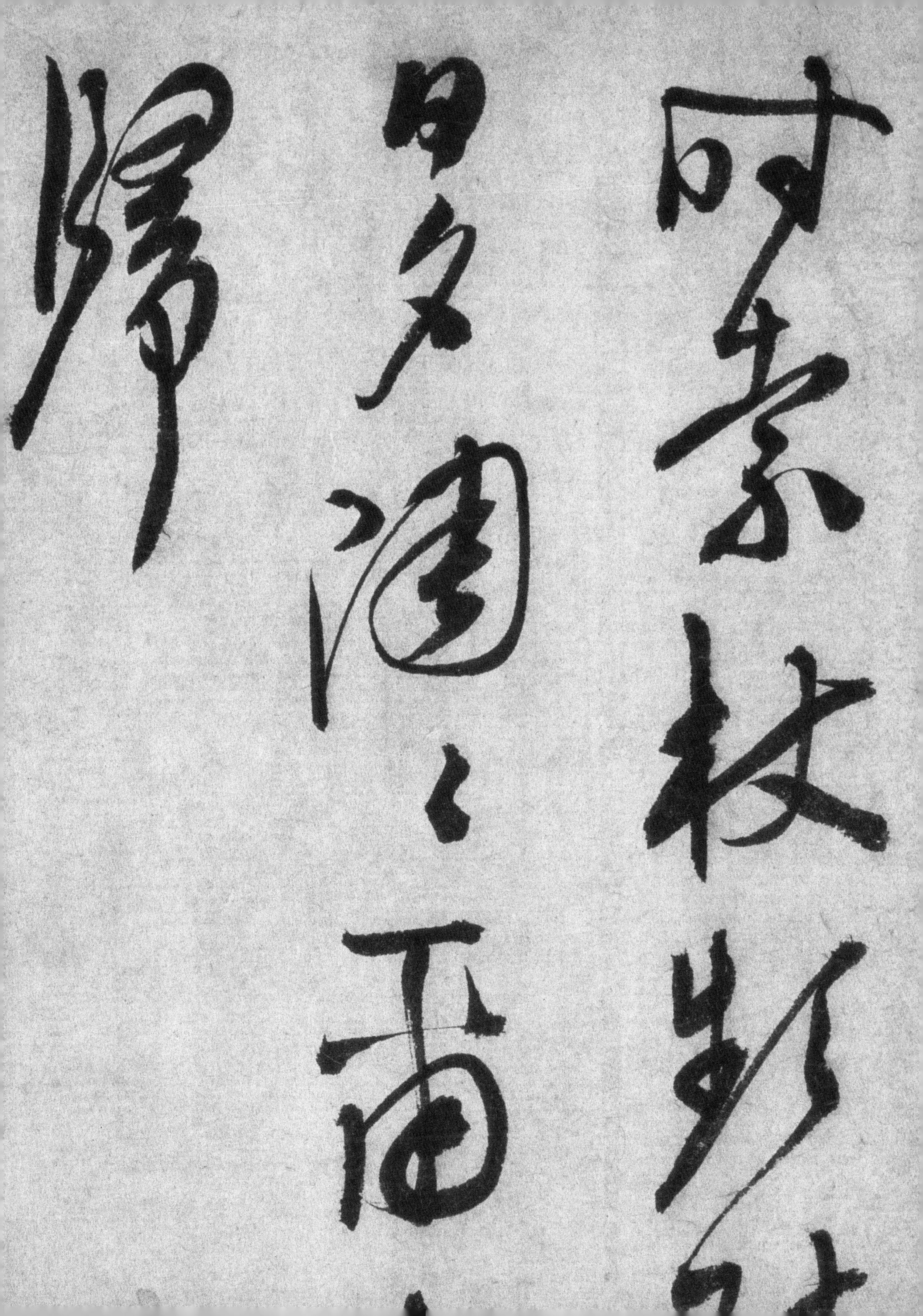

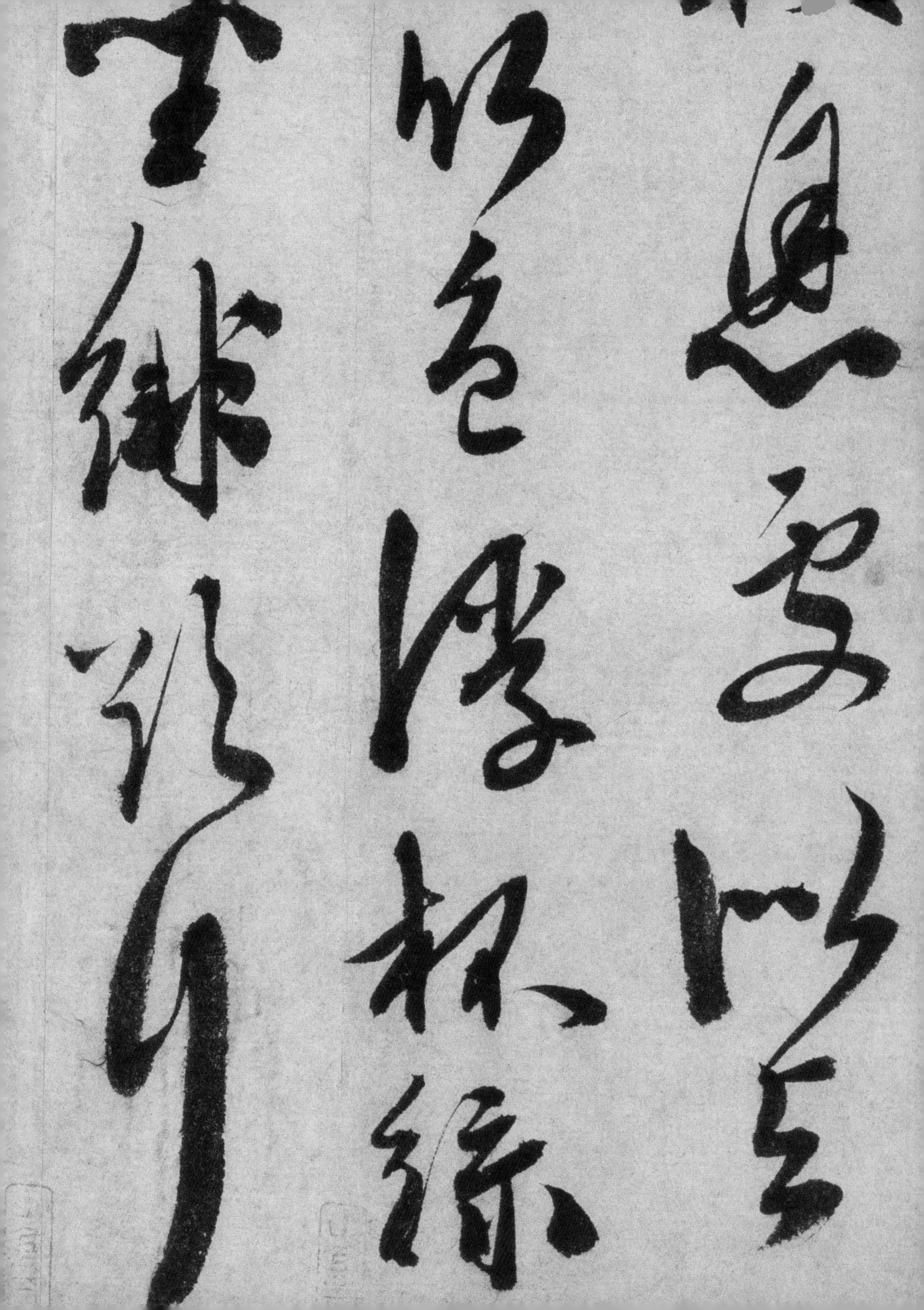

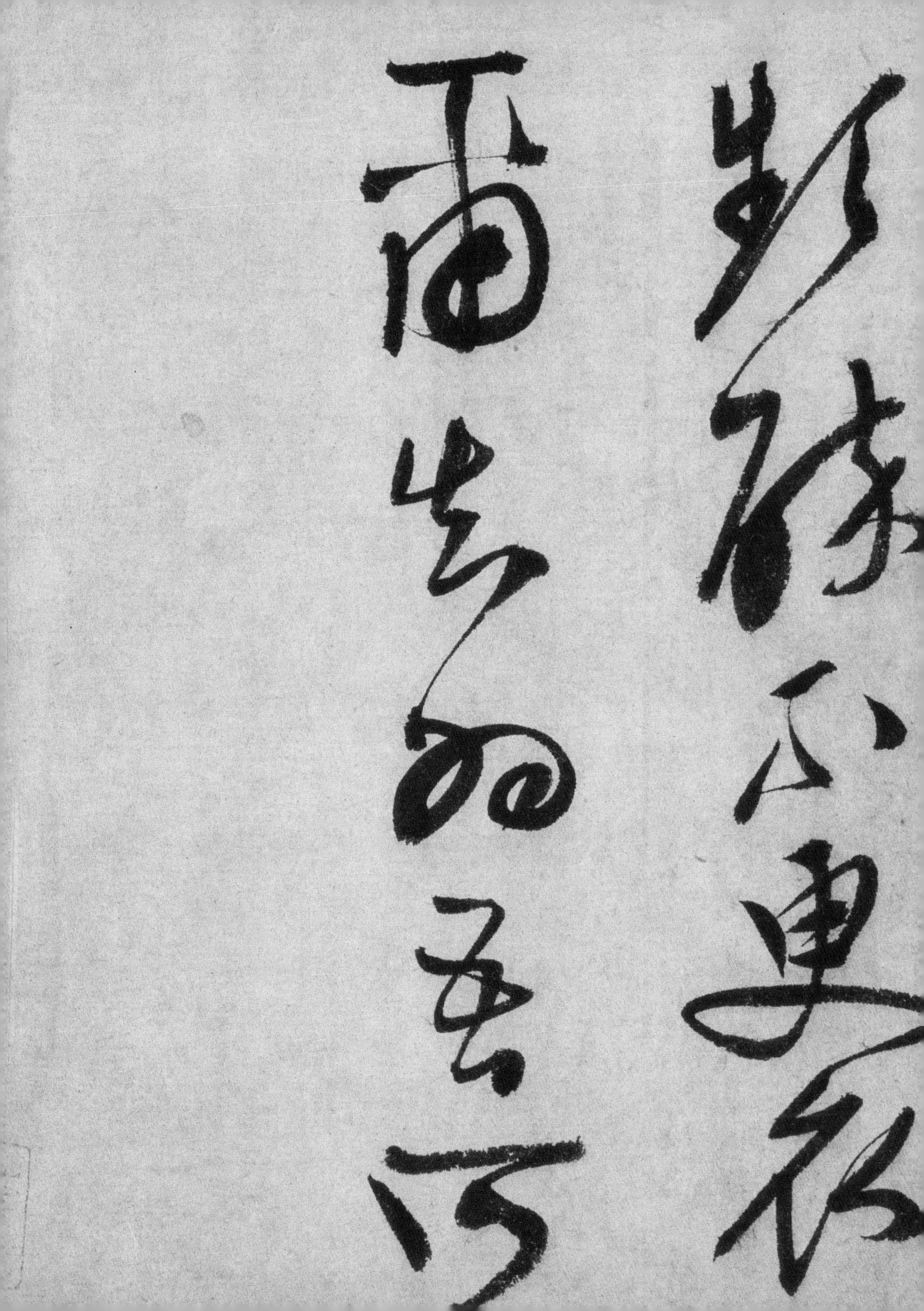

歸
鴉晚山館
驚飛江雨

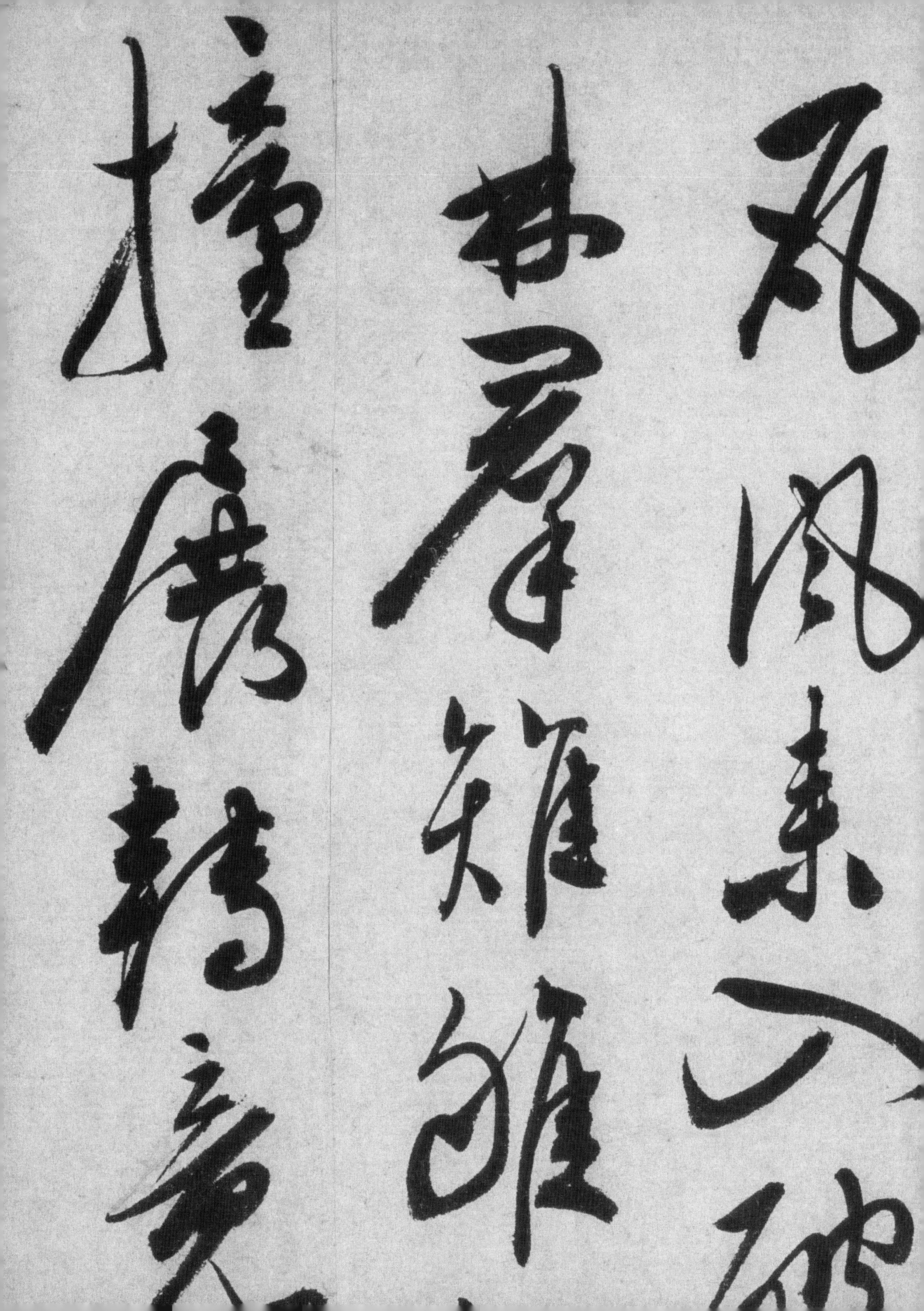

結根蟠影
此雨至鳥歡

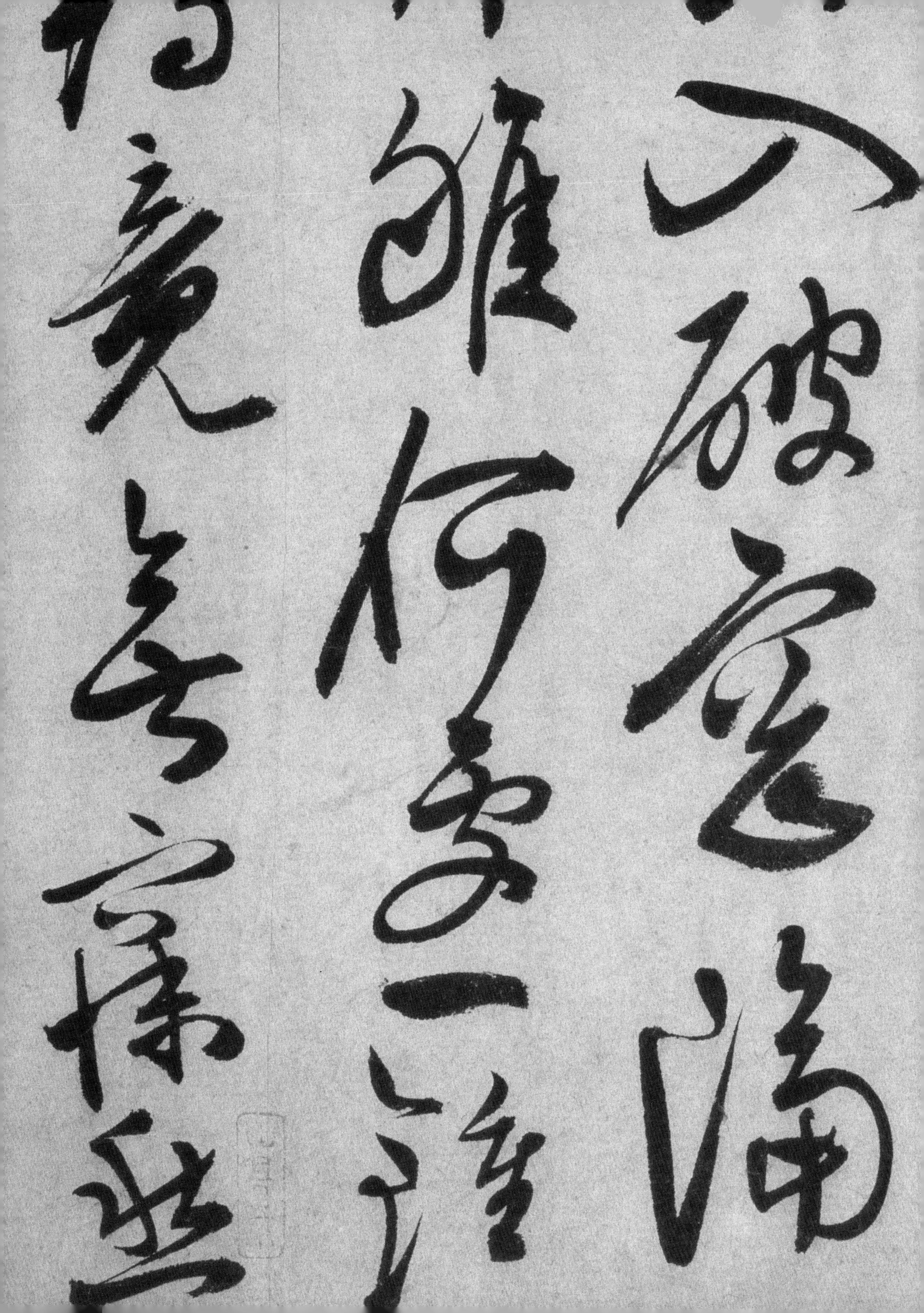

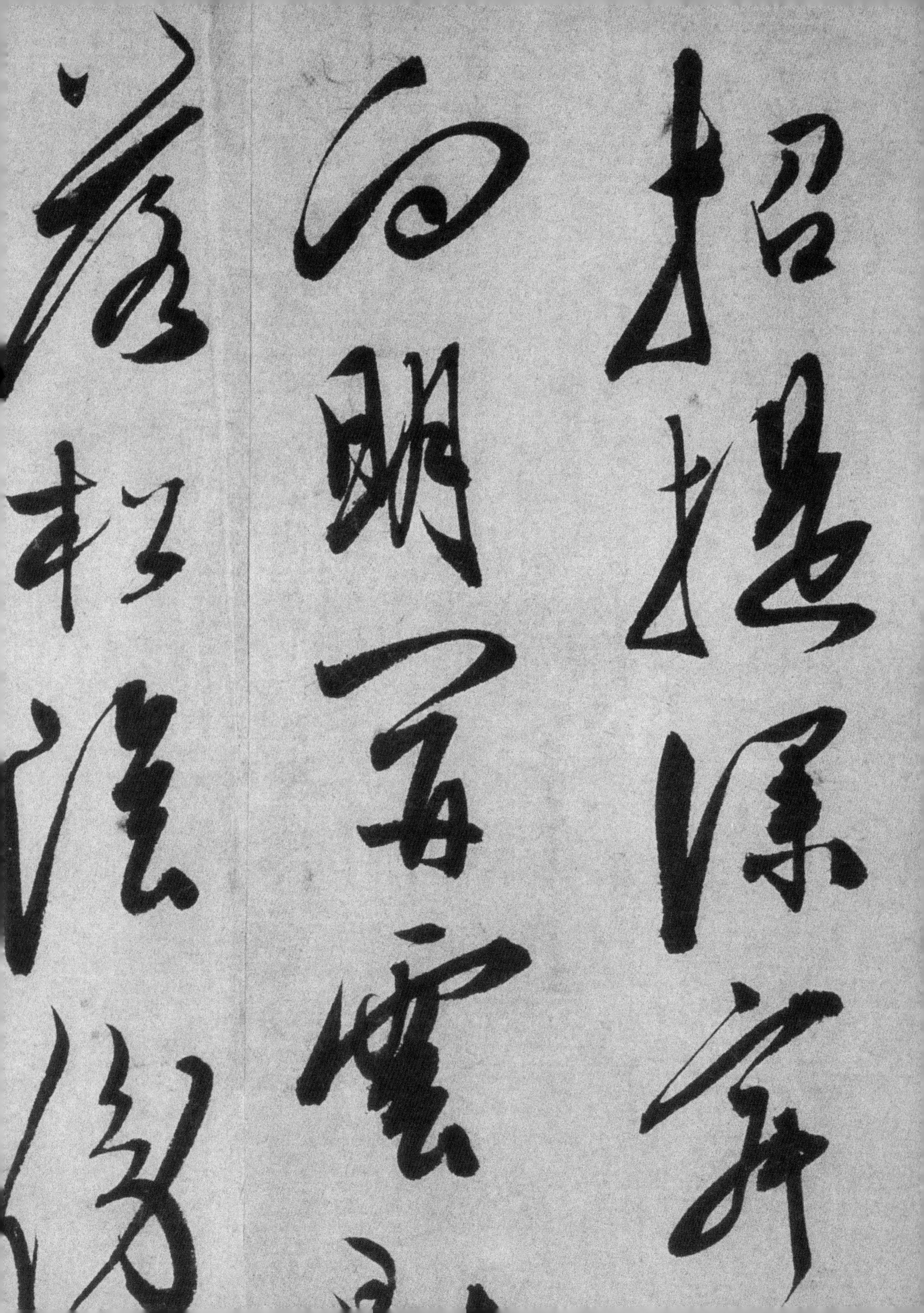

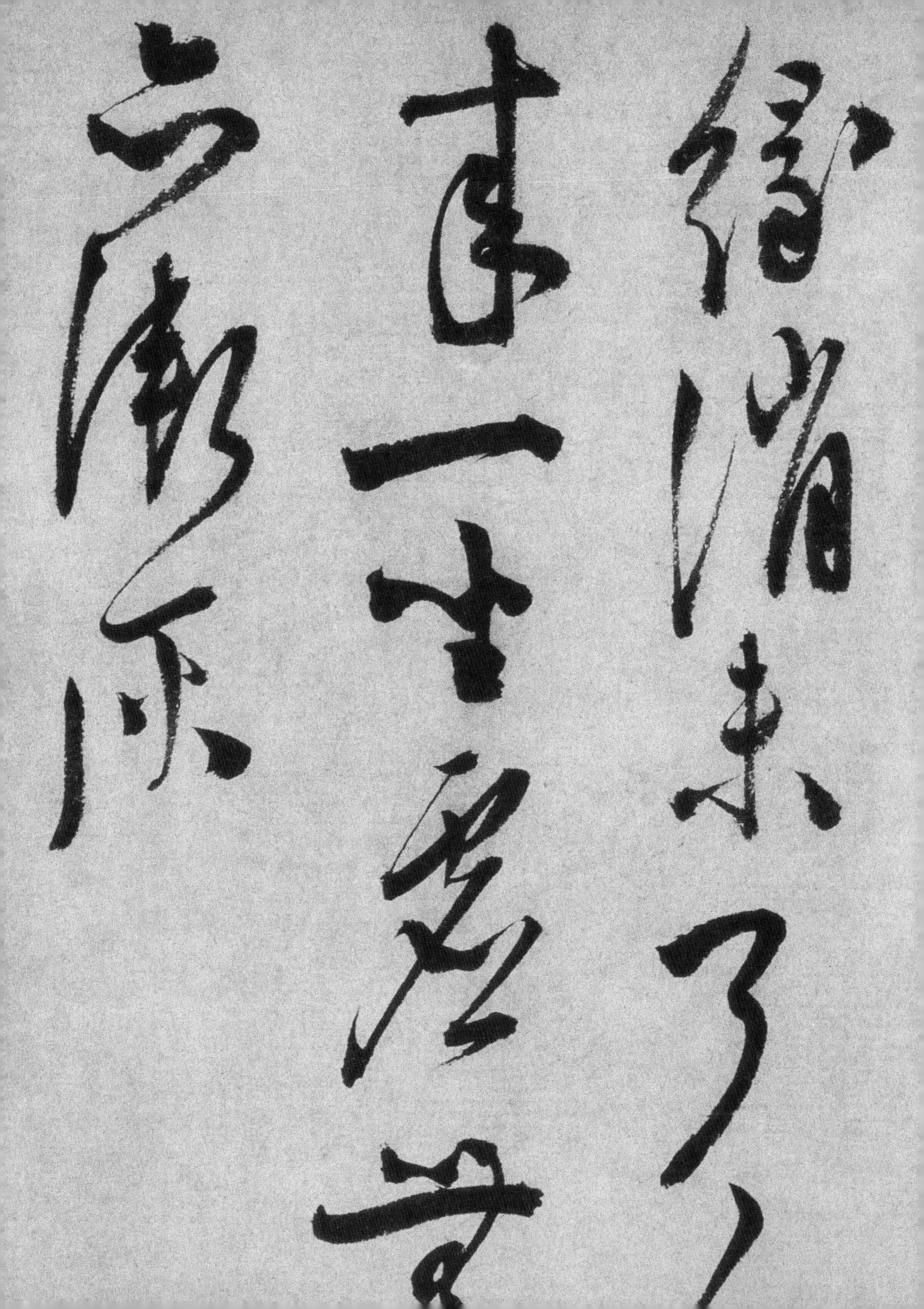

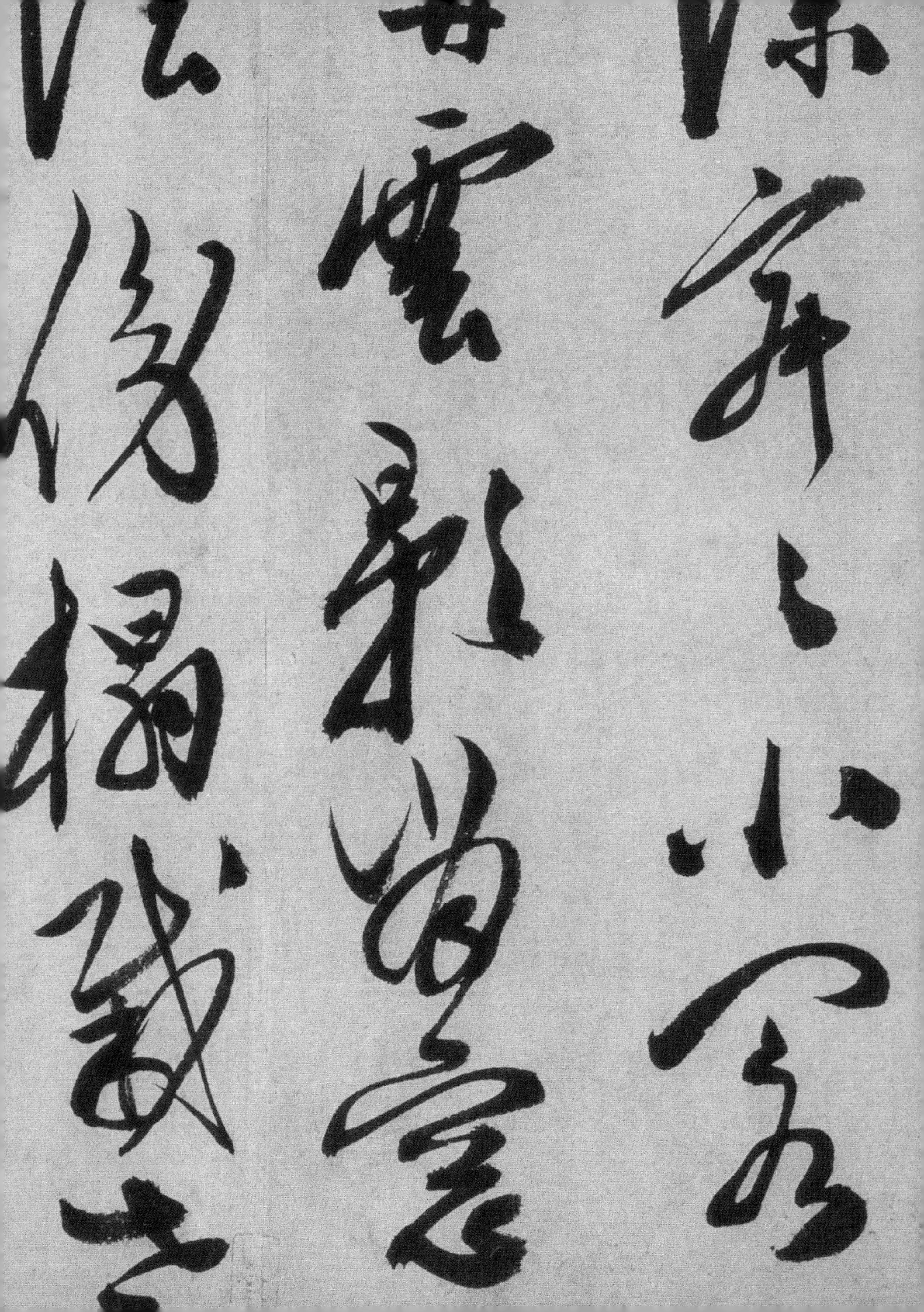

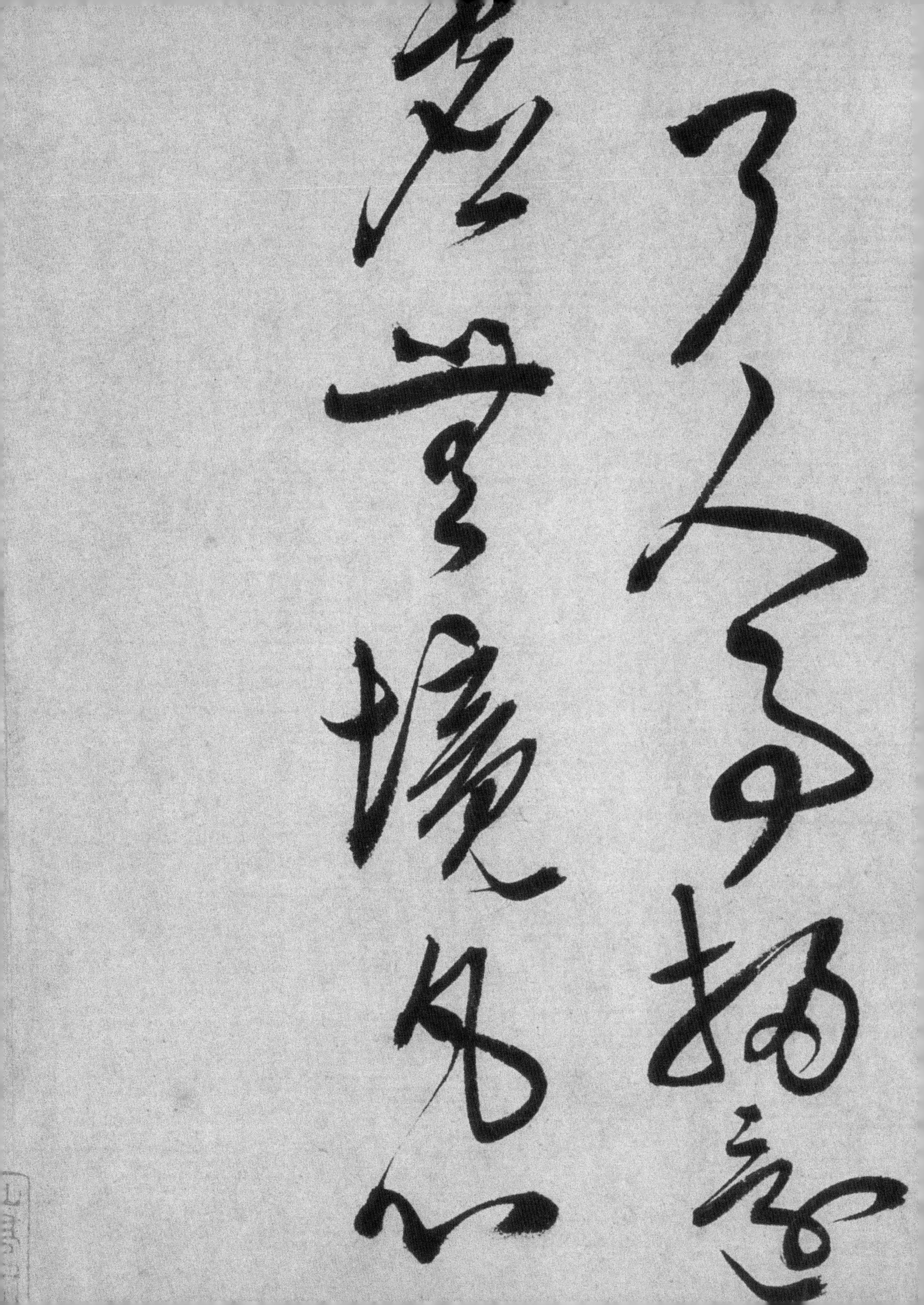

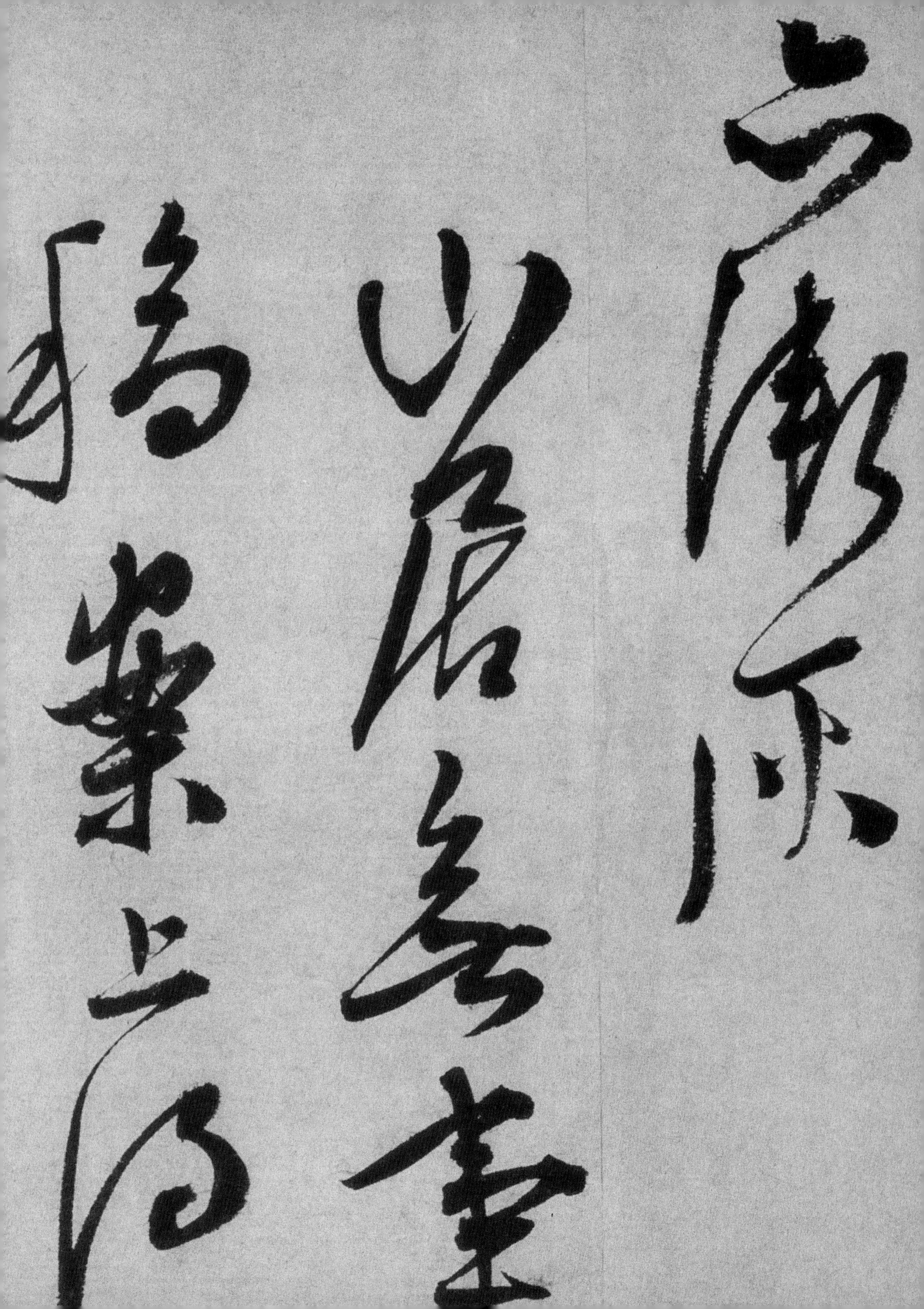

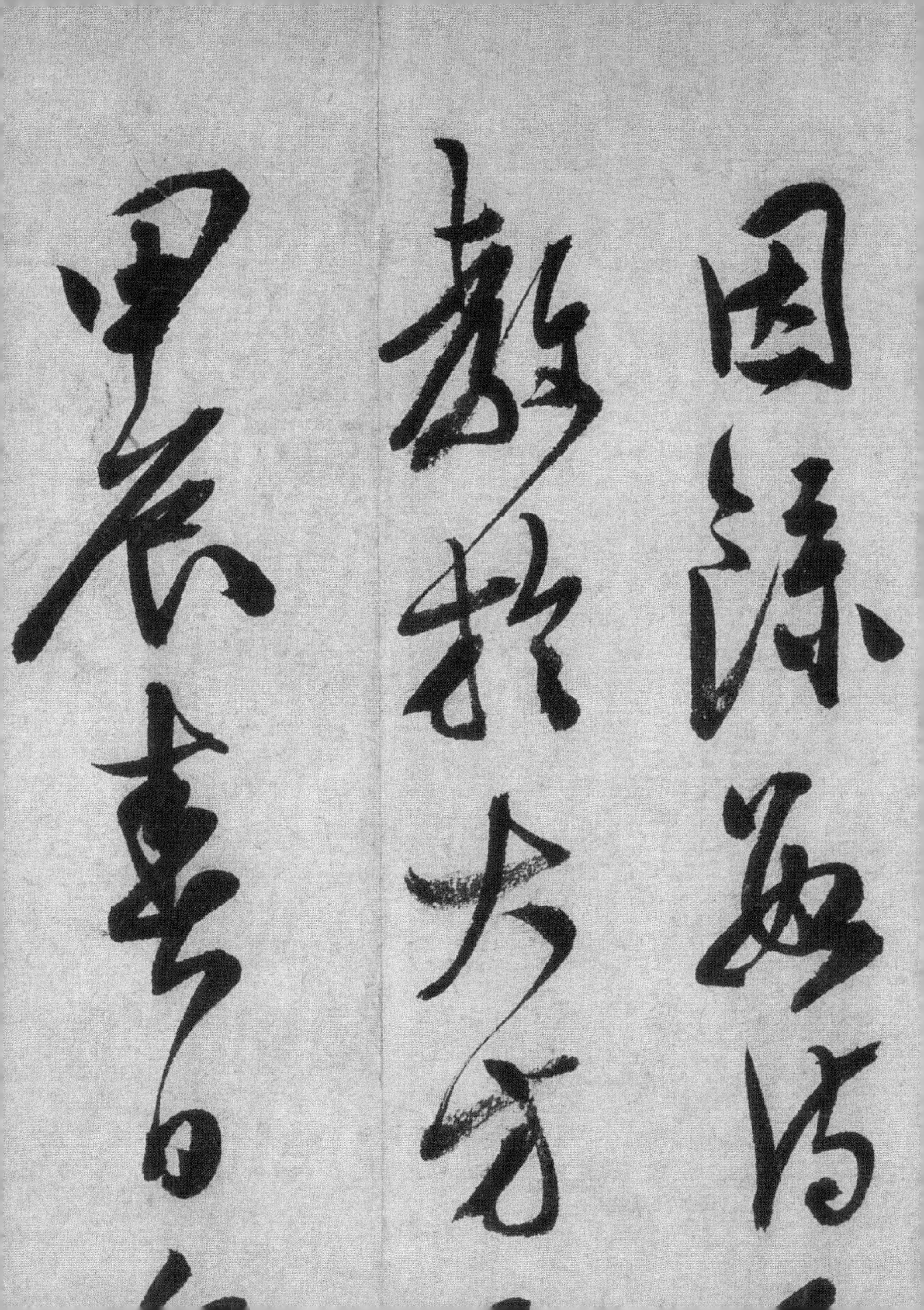

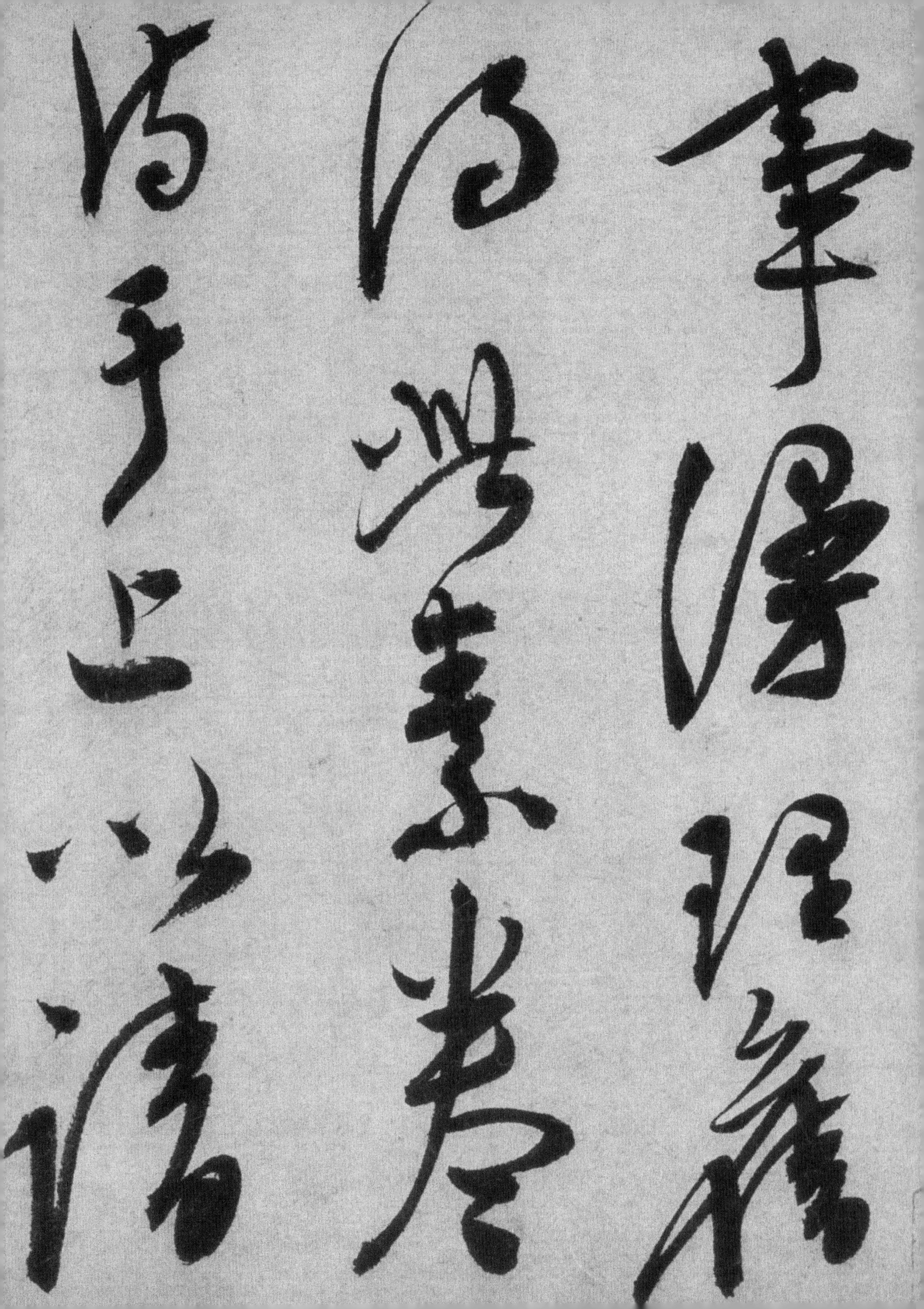

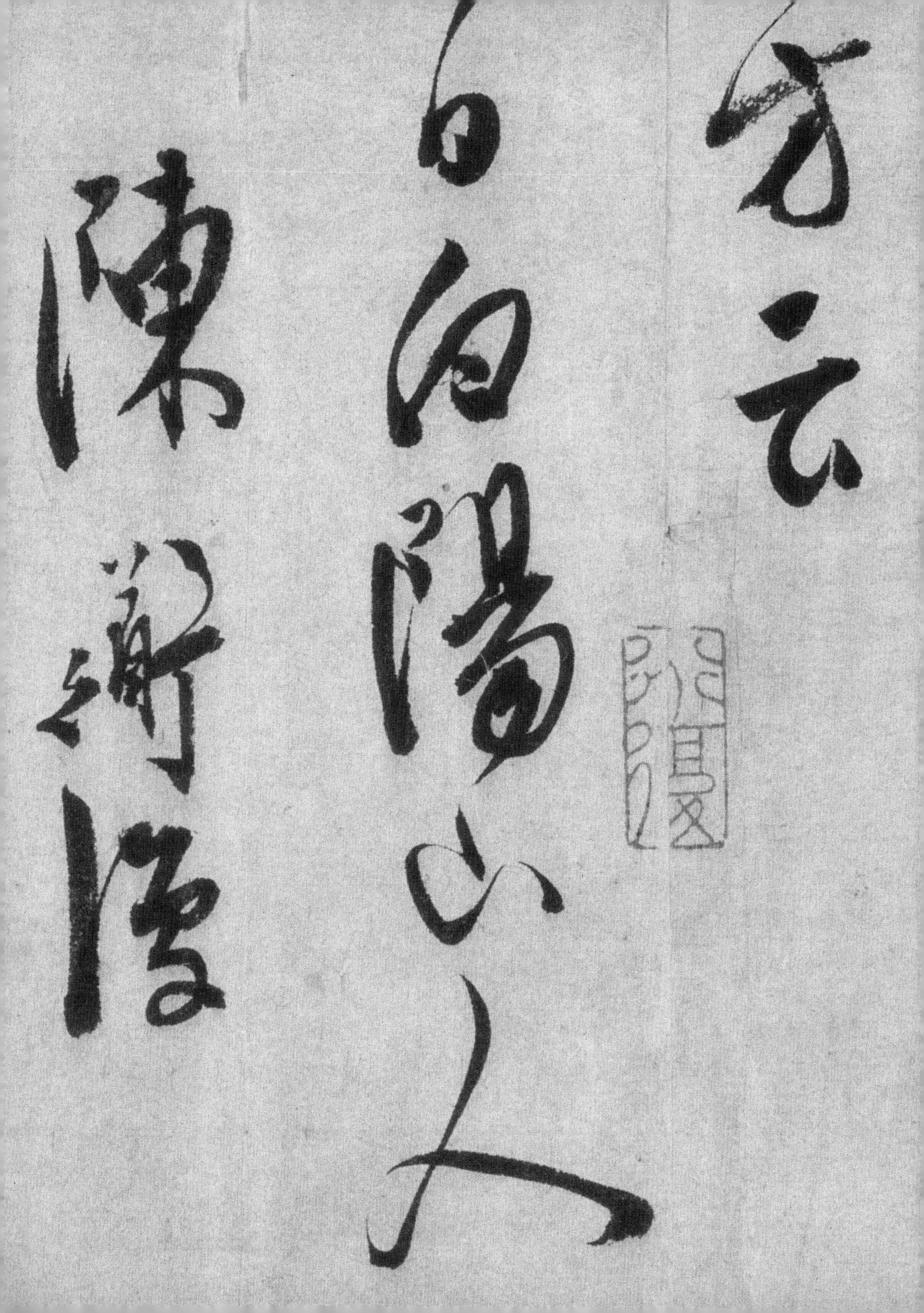